C000002495

Jean-Jacques Rousseau

« En méditant sur les dispositions de mon âme... »

et autres

Rêveries

suivi de

Mon portrait

ÉDITION ÉTABLIE ET ANNOTÉE PAR
SAMUEL S. DE SACY

Gallimard

Ces textes sont extraits des
Rêveries du promeneur solitaire (Folio n° 186).

Né le 28 juin 1712 à Genève dans une famille protestante, Jean-Jacques Rousseau perd sa mère dans les jours qui suivent et est élevé par sa tante, Suzanne Rousseau. Très jeune, il passe de longues heures à lire avec son père. En 1725, après un stage chez un greffier, le jeune homme devient graveur. Un soir, en rentrant de promenade, il trouve les portes de la cité fermées et décide de partir à l'aventure. À Annecy, il rencontre Mme de Warens, une jeune veuve nouvellement convertie au catholicisme, qui l'accueille. Quelques mois plus tard, c'est au tour de Rousseau d'abjurer. Après avoir donné des leçons de musique et complété son instruction, il devient précepteur des fils du prévôt-général du Lyonnais. En 1742, il fait la connaissance de Diderot qui lui demandera quelques années plus tard des articles sur la musique pour l'*Encyclopédie*. Après un séjour à Venise comme secrétaire de l'ambassadeur de France, il s'installe à Paris où il se lie avec une jeune lingère, Thérèse Levasseur. Dès la naissance, leurs enfants seront placés à l'hospice des Enfants-Trouvés. En 1751 paraît le *Discours sur les avantages des sciences et des arts* qui suscite de vives controverses, suivi en 1754 du *Discours sur l'origine de l'inégalité parmi les hommes*. Revenu au calvinisme, il recouvre sa qualité de citoyen genevois. Il s'installe à l'Ermitage, en lisière de la forêt de Montmorency, chez Mme d'Épinay, et commence à écrire

La *Nouvelle Héloïse* qui paraît en 1761 et connaît un immense succès. L'année suivante paraît *L'Émile* qui oblige Rousseau à s'enfuir à Genève, puis à Neuchâtel. Mme de Warens meurt à Chambéry. Il entreprend la rédaction de son autobiographie, *Les Confessions*, et voyage, au gré des événements, entre la Suisse, Paris et Londres. Cette vie d'errance le ronge et l'angoisse, il tombe malade. En 1768, il épouse civilement Thérèse Levasseur. Il donne des lectures de ses *Confessions*, à la grande colère de Mme d'Épinay. En avril 1778, il commence à écrire sa Dixième promenade des *Rêveries* qui restera inachevée. Rousseau meurt le 2 juillet. Son corps est inhumé dans l'île des Peupliers à Ermenonville. Il sera ensuite transféré au Panthéon en 1794.

« EN MÉDITANT
SUR LES DISPOSITIONS
DE MON ÂME… »
ET AUTRES *RÊVERIES
DU PROMENEUR SOLITAIRE*

TROISIÈME PROMENADE

Je deviens vieux en apprenant toujours.

Solon répétait souvent ce vers dans sa vieillesse. Il a un sens dans lequel je pourrais le dire aussi dans la mienne ; mais c'est une bien triste science que celle que depuis vingt ans l'expérience m'a fait acquérir : l'ignorance est encore préférable. L'adversité sans doute est un grand maître, mais il fait payer cher ses leçons, et souvent le profit qu'on en retire ne vaut pas le prix qu'elles ont coûté. D'ailleurs, avant qu'on ait obtenu tout cet acquis par des leçons si tardives, l'à-propos d'en user se passe. La jeunesse est le temps d'étudier la sagesse ; la vieillesse est le temps de la pratiquer. L'expérience instruit toujours, je l'avoue ; mais elle ne profite que pour l'espace qu'on a devant soi. Est-il temps au moment qu'il faut mourir d'apprendre comment on aurait dû vivre ?

Eh ! que me servent des lumières si tard et si douloureusement acquises sur ma destinée et sur les passions d'autrui dont elle est l'œuvre ? Je n'ai appris à mieux connaître les hommes que pour mieux sentir la misère où ils m'ont plongé, sans que cette connaissance, en me découvrant tous leurs pièges, m'en ait pu faire éviter aucun. Que ne suis-je resté toujours dans cette imbécile[1] mais douce confiance qui me rendit durant tant d'années la proie et le jouet de mes bruyants amis, sans qu'enveloppé de toutes leurs trames j'en eusse même le moindre soupçon ! J'étais leur dupe et leur victime, il est vrai, mais je me croyais aimé d'eux, et mon cœur jouissait de l'amitié qu'ils m'avaient inspirée en leur en attribuant autant pour moi. Ces douces illusions sont détruites. La triste vérité que le temps et la raison m'ont dévoilée en me faisant sentir mon malheur m'a fait voir qu'il était sans remède et qu'il ne me restait qu'à m'y résigner. Ainsi toutes les expériences de mon âge sont pour moi dans mon état sans utilité présente et sans profit pour l'avenir.

Nous entrons en lice à notre naissance, nous en sortons à la mort. Que sert d'apprendre à mieux conduire son char quand on est au bout de la carrière ? Il ne reste plus à penser alors que comment on en sortira. L'étude d'un vieillard,

---

1. Faible, sans ressort.

s'il lui en reste encore à faire, est uniquement d'apprendre à mourir, et c'est précisément celle qu'on fait le moins à mon âge, on y pense à tout hormis à cela. Tous les vieillards tiennent plus à la vie que les enfants et en sortent de plus mauvaise grâce que les jeunes gens. C'est que, tous leurs travaux ayant été pour cette même vie, ils voient à sa fin qu'ils ont perdu leurs peines. Tous leurs soins, tous leurs biens, tous les fruits de leurs laborieuses veilles, ils quittent tout quand ils s'en vont. Ils n'ont songé à rien acquérir durant leur vie qu'ils pussent emporter à leur mort.

Je me suis dit tout cela quand il était temps de me le dire, et si je n'ai pas mieux su tirer parti de mes réflexions, ce n'est pas faute de les avoir faites à temps et de les avoir bien digérées. Jeté dès mon enfance dans le tourbillon du monde, j'appris de bonne heure par l'expérience que je n'étais pas fait pour y vivre, et que je n'y parviendrais jamais à l'état dont mon cœur sentait le besoin. Cessant donc de chercher parmi les hommes le bonheur que je sentais n'y pouvoir trouver, mon ardente imagination sautait déjà par-dessus l'espace de ma vie, à peine commencée, comme sur un terrain qui m'était étranger, pour se reposer sur une assiette tranquille où je pusse me fixer.

Ce sentiment, nourri par l'éducation dès mon enfance et renforcé durant toute ma vie par ce long tissu de misères et d'infortunes qui l'a remplie, m'a fait chercher dans tous les temps à connaître la nature et la destination de mon être avec plus d'intérêt et de soin que je n'en ai trouvé dans aucun autre homme. J'en ai beaucoup vu qui philosophaient bien plus doctement que moi, mais leur philosophie leur était pour ainsi dire étrangère. Voulant être plus savants que d'autres, ils étudiaient l'univers pour savoir comment il était arrangé, comme ils auraient étudié quelque machine qu'ils auraient aperçue, par pure curiosité. Ils étudiaient la nature humaine pour en pouvoir parler savamment, mais non pas pour se connaître ; ils travaillaient pour instruire les autres, mais non pas pour s'éclairer en dedans. Plusieurs d'entre eux ne voulaient que faire un livre, n'importait quel, pourvu qu'il fût accueilli. Quand le leur était fait et publié, son contenu ne les intéressait plus en aucune sorte, si ce n'est pour le faire adopter aux autres et pour le défendre au cas qu'il fût attaqué, mais du reste sans en rien tirer pour leur propre usage, sans s'embarrasser même que ce contenu fût faux ou vrai pourvu qu'il ne fût pas réfuté. Pour moi, quand j'ai désiré d'apprendre, c'était pour savoir moi-même et non pas pour enseigner ; j'ai toujours cru qu'avant d'instruire les autres il fallait commencer par savoir assez pour soi, et de toutes les études que j'ai tâché de faire en ma vie au milieu des hommes il n'y en a guère que je n'eusse faite également seul dans une île déserte

où j'aurais été confiné pour le reste de mes jours.
Ce qu'on doit faire dépend beaucoup de ce
qu'on doit croire, et dans tout ce qui ne tient
pas aux premiers besoins de la nature nos opinions sont la règle de nos actions. Dans ce principe, qui fut toujours le mien, j'ai cherché
souvent et longtemps pour diriger l'emploi de
ma vie à connaître sa véritable fin, et je me suis
bientôt consolé de mon peu d'aptitude à me
conduire habilement dans ce monde, en sentant qu'il n'y fallait pas chercher cette fin.

Né dans une famille où régnaient les mœurs
et la piété, élevé ensuite avec douceur chez un
ministre plein de sagesse et de religion, j'avais
reçu dès ma plus tendre enfance des principes,
des maximes, d'autres diraient des préjugés, qui
ne m'ont jamais tout à fait abandonné. Enfant
encore et livré à moi-même, alléché par des caresses, séduit par la vanité, leurré par l'espérance,
forcé par la nécessité, je me fis catholique, mais
je demeurai toujours chrétien, et bientôt gagné
par l'habitude mon cœur s'attacha sincèrement
à ma nouvelle religion. Les instructions, les
exemples de madame de Warens m'affermirent
dans cet attachement. La solitude champêtre où
j'ai passé la fleur de ma jeunesse, l'étude des
bons livres à laquelle je me livrai tout entier
renforcèrent auprès d'elle mes dispositions naturelles aux sentiments affectueux, et me rendi-
rent dévot presque à la manière de Fénelon. La

méditation dans la retraite, l'étude de la nature, la contemplation de l'univers forcent un solitaire à s'élancer incessamment vers l'auteur des choses et à chercher avec une douce inquiétude la fin de tout ce qu'il voit et la cause de tout ce qu'il sent. Lorsque ma destinée me rejeta dans le torrent du monde je n'y retrouvai plus rien qui pût flatter un moment mon cœur. Le regret de mes doux loisirs me suivit partout et jeta l'indifférence et le dégoût sur tout ce qui pouvait se trouver à ma portée, propre à mener à la fortune et aux honneurs. Incertain dans mes inquiets désirs, j'espérai peu, j'obtins moins, et je sentis dans des lueurs même de prospérité que quand j'aurais obtenu tout ce que je croyais chercher je n'y aurais point trouvé ce bonheur dont mon cœur était avide sans en savoir démêler l'objet. Ainsi tout contribuait à détacher mes affections de ce monde, même avant les malheurs qui devaient m'y rendre tout à fait étranger. Je parvins jusqu'à l'âge de quarante ans flottant entre l'indigence et la fortune, entre la sagesse et l'égarement, plein de vices d'habitude sans aucun mauvais penchant dans le cœur, vivant au hasard sans principes bien décidés par ma raison, et distrait sur mes devoirs sans les mépriser, mais souvent sans les bien connaître.

Dès ma jeunesse j'avais fixé cette époque de quarante ans comme le terme de mes efforts pour parvenir et celui de mes prétentions en tout genre. Bien résolu, dès cet âge atteint et dans quelque situation que je fusse, de ne plus me débattre pour en sortir et de passer le reste de mes jours à vivre au jour la journée sans plus m'occuper de l'avenir. Le moment venu, j'exécutai ce projet sans peine et quoique alors ma fortune semblât vouloir prendre une assiette plus fixe j'y renonçai non seulement sans regret mais avec un plaisir véritable. En me délivrant de tous ces leurres, de toutes ces vaines espérances, je me livrai pleinement à l'incurie et au repos d'esprit qui fit toujours mon goût le plus dominant et mon penchant le plus durable. Je quittai le monde et ses pompes, je renonçai à toute parure, plus d'épée, plus de montre, plus de bas blancs, de dorure, de coiffure, une perruque toute simple, un bon gros habit de drap, et mieux que tout cela, je déracinai de mon cœur les cupidités et les convoitises qui donnent du prix à tout ce que je quittais. Je renonçai à la place que j'occupais alors, pour laquelle je n'étais nullement propre, et je me mis à copier de la musique à tant la page, occupation pour laquelle j'avais eu toujours un goût décidé.

Je ne bornai pas ma réforme aux choses extérieures. Je sentis que celle-là même en exigeait une autre, plus pénible sans doute mais plus nécessaire, dans les opinions, et résolu de n'en pas faire à deux fois, j'entrepris de soumettre mon intérieur à un examen sévère qui le réglât pour le reste de ma vie tel que je voulais le trouver à ma mort.

Une grande révolution qui venait de se faire en moi, un autre monde moral qui se dévoilait à mes regards, les insensés jugements des hommes dont sans prévoir encore combien j'en serais la victime je commençais à sentir l'absurdité, le besoin toujours croissant d'un autre bien que la gloriole littéraire dont à peine la vapeur m'avait atteint que j'en étais déjà dégoûté, le désir enfin de tracer pour le reste de ma carrière une route moins incertaine que celle dans laquelle j'en venais de passer la plus belle moitié, tout m'obligeait à cette grande revue dont je sentais depuis longtemps le besoin. Je l'entrepris donc et je ne négligeai rien de ce qui dépendait de moi pour bien exécuter cette entreprise.

C'est de cette époque que je puis dater mon entier renoncement au monde et ce goût vif pour la solitude qui ne m'a plus quitté depuis ce temps-là. L'ouvrage que j'entreprenais[1] ne pouvait s'exécuter que dans une retraite absolue ; il demandait de longues et paisibles méditations que le tumulte de la société ne souffre pas. Cela me força de prendre pour un temps une autre manière de vivre dont ensuite je me trouvai si bien que, ne l'ayant interrompue depuis lors que par force et pour peu d'instants, je l'ai reprise

1. *La Profession de foi du Vicaire savoyard.*

de tout mon cœur et m'y suis borné sans peine
aussitôt que je l'ai pu, et quand ensuite les hommes m'ont réduit à vivre seul, j'ai trouvé qu'en
me séquestrant pour me rendre misérable ils
avaient plus fait pour mon bonheur que je n'avais
su faire moi-même.

Je me livrai au travail que j'avais entrepris avec
un zèle proportionné et à l'importance de la
chose et au besoin que je sentais en avoir. Je
vivais alors avec des philosophes modernes qui
ne ressemblaient guère aux anciens. Au lieu de
lever mes doutes et de fixer mes irrésolutions,
ils avaient ébranlé toutes les certitudes que je
croyais avoir sur les points qu'il m'importait le
plus de connaître : car, ardents missionnaires
d'athéisme et très impérieux dogmatiques, ils
n'enduraient point sans colère que sur quelque
point que ce pût être on osât penser autrement
qu'eux. Je m'étais défendu souvent assez faible-
ment par haine pour la dispute et par peu de
talent pour la soutenir ; mais jamais je n'adoptai leur désolante doctrine, et cette résistance à
des hommes aussi intolérants, qui d'ailleurs
avaient leurs vues, ne fut pas une des moindres
causes qui attisèrent leur animosité.

Ils ne m'avaient pas persuadé mais ils m'avaient
inquiété. Leurs arguments m'avaient ébranlé
sans m'avoir jamais convaincu ; je n'y trouvais
point de bonne réponse mais je sentais qu'il y
en devait avoir. Je m'accusais moins d'erreur

que d'ineptie, et mon cœur leur répondait mieux que ma raison.

Je me dis enfin : Me laisserai-je éternellement ballotter par les sophismes des mieux disants, dont je ne suis pas même sûr que les opinions qu'ils prêchent et qu'ils ont tant d'ardeur à faire adopter aux autres soient bien les leurs à eux-mêmes ? Leurs passions, qui gouvernent leur doctrine, leurs intérêts de faire croire ceci ou cela, rendent impossible à pénétrer ce qu'ils croient eux-mêmes. Peut-on chercher de la bonne foi dans des chefs de parti ? Leur philo-sophie est pour les autres ; il m'en faudrait une pour moi. Cherchons-la de toutes mes forces tandis qu'il est temps encore afin d'avoir une règle fixe de conduite pour le reste de mes jours. Me voilà dans la maturité de l'âge, dans toute la force de l'entendement. Déjà je touche au déclin. Si j'attends encore, je n'aurai plus dans ma délibération tardive l'usage de toutes mes forces ; mes facultés intellectuelles auront déjà perdu de leur activité, je ferai moins bien ce que je puis faire aujourd'hui de mon mieux possible : saisissons ce moment favorable ; il est l'époque de ma réforme externe et matérielle, qu'il soit aussi celle de ma réforme intellectuelle et mo-rale. Fixons une bonne fois mes opinions, mes principes, et soyons pour le reste de ma vie ce que j'aurai trouvé devoir être après y avoir bien pensé.

J'exécutai ce projet lentement et à diverses reprises, mais avec tout l'effort et toute l'attention dont j'étais capable. Je sentais vivement que le repos du reste de mes jours et mon sort total en dépendaient. Je m'y trouvai d'abord dans un tel labyrinthe d'embarras, de difficultés, d'objections, de tortuosités, de ténèbres que, vingt fois tenté de tout abandonner, je fus près, renonçant à de vaines recherches, de m'en tenir dans mes délibérations aux règles de la prudence commune sans plus en chercher dans des principes que j'avais tant de peine à débrouiller. Mais cette prudence même m'était tellement étrangère, je me sentais si peu propre à l'acquérir que la prendre pour mon guide n'était autre chose que vouloir à travers les mers, les orages, chercher sans gouvernail, sans boussole, un fanal presque inaccessible et qui ne m'indiquait aucun port.

Je persistai : pour la première fois de ma vie j'eus du courage, et je dois à son succès d'avoir pu soutenir l'horrible destinée qui dès lors commençait à m'envelopper sans que j'en eusse le moindre soupçon. Après les recherches les plus ardentes et les plus sincères qui jamais peut-être aient été faites par aucun mortel, je me décidai pour toute ma vie sur tous les sentiments qu'il m'importait d'avoir, et si j'ai pu me tromper dans mes résultats, je suis sûr au moins que mon erreur ne peut m'être imputée à crime, car j'ai fait tous mes efforts pour m'en garantir. Je ne doute point, il est vrai, que les préjugés de l'enfance et les vœux secrets de mon cœur n'aient fait pencher la balance du côté le plus consolant pour moi. On se défend difficilement de croire ce qu'on désire avec tant d'ardeur, et qui peut douter que l'intérêt d'admettre ou rejeter les jugements de l'autre vie ne détermine la foi de la plupart des hommes sur leur espérance ou leur crainte ? Tout cela pouvait fasciner mon jugement, j'en conviens, mais non pas altérer ma bonne foi : car je craignais de me tromper sur toute chose. Si tout consistait dans l'usage de cette vie, il m'importait de le savoir, pour en tirer du moins le meilleur parti qu'il dépendrait de moi tandis qu'il était encore temps, et n'être pas tout à fait dupe. Mais ce que j'avais le plus à redouter au monde dans la disposition où je me sentais était d'exposer le sort éternel de mon âme pour la jouissance des biens de ce monde, qui ne m'ont jamais paru d'un grand prix.

J'avoue encore que je ne levai pas toujours à ma satisfaction toutes ces difficultés qui m'avaient embarrassé, et dont nos philosophes avaient si souvent rebattu mes oreilles. Mais, résolu de me décider enfin sur des matières où l'intelligence humaine a si peu de prise et trouvant de toutes parts des mystères impénétrables et des objections insolubles, j'adoptai dans chaque question

le sentiment qui me parut le mieux établi directe-
ment, le plus croyable en lui-même, sans m'arrêter aux objections que je ne pouvais résoudre
mais qui se rétorquaient par d'autres objections
non moins fortes dans le système opposé. Le
ton dogmatique sur ces matières ne convient
qu'à des charlatans ; mais il importe d'avoir un
sentiment pour soi, et de le choisir avec toute la
maturité de jugement qu'on y peut mettre. Si
malgré cela nous tombons dans l'erreur, nous
n'en saurions porter la peine en bonne justice
puisque nous n'en aurons point la coulpe. Voilà
le principe inébranlable qui sert de base à ma
sécurité.

Le résultat de mes pénibles recherches fut tel
à peu près que je l'ai consigné depuis dans la
Profession de foi du Vicaire savoyard, ouvrage indi-
gnement prostitué et profané dans la génération
présente, mais qui peut faire un jour révolution
parmi les hommes si jamais il y renaît du bon
sens et de la bonne foi.

Depuis lors, resté tranquille dans les principes
que j'avais adoptés après une méditation si lon-
gue et si réfléchie, j'en ai fait la règle immuable
de ma conduite et de ma foi, sans plus m'inquié-
ter ni des objections que je n'avais pu résoudre
ni de celles que je n'avais pu prévoir et qui se
présentaient nouvellement de temps à autre à
mon esprit. Elles m'ont inquiété quelquefois mais
elles ne m'ont jamais ébranlé. Je me suis tou-

jours dit : Tout cela ne sont que des arguties et des subtilités métaphysiques qui ne sont d'aucun poids auprès des principes fondamentaux adoptés par ma raison, confirmés par mon cœur, et qui tous portent le sceau de l'assentiment intérieur dans le silence des passions. Dans des matières si supérieurs à l'entendement humain une objection que je ne puis résoudre renversera-t-elle tout un corps de doctrine si solide, si bien liée et formée avec tant de méditation et de soin, si bien appropriée à ma raison, à mon cœur, à tout mon être, et renforcée de l'assentiment intérieur que je sens manquer à toutes les autres ? Non, de vaines argumentations ne détruiront jamais la convenance que j'aperçois entre ma nature immortelle et la constitution de ce monde et l'ordre physique que j'y vois régner. J'y trouve dans l'ordre moral correspondant et dont le système est le résultat de mes recherches les appuis dont j'ai besoin pour supporter les misères de ma vie. Dans tout autre système je vivrais sans ressource et je mourrais sans espoir. Je serais la plus malheureuse des créatures. Tenons-nous-en donc à celui qui seul suffit pour me rendre heureux en dépit de la fortune et des hommes.

Cette délibération et la conclusion que j'en tirai ne semblent-elles pas avoir été dictées par le Ciel même pour me préparer à la destinée qui m'attendait et me mettre en état de la soutenir ? Que serais-je devenu, que deviendrais-je en-

core, dans les angoisses affreuses qui m'atten-
daient et dans l'incroyable situation où je suis
réduit pour le reste de ma vie, si, resté sans asile
où je pusse échapper à mes implacables persécuteurs, sans dédommagement des opprobres
qu'ils me font essuyer en ce monde et sans espoir d'obtenir jamais la justice qui m'était due,
je m'étais vu livré tout entier au plus horrible
sort qu'ait éprouvé sur la terre aucun mortel ?
Tandis que, tranquille dans mon innocence, je
n'imaginais qu'estime et bienveillance pour moi
parmi les hommes, tandis que mon cœur ouvert
et confiant s'épanchait avec des amis et des frères, les traîtres m'enlaçaient en silence de rets
forgés au fond des Enfers. Surpris par les plus
imprévus de tous les malheurs et les plus terribles pour une âme fière, traîné dans la fange
sans jamais savoir par qui ni pourquoi, plongé
dans un abîme d'ignominie, enveloppé d'horribles ténèbres à travers lesquelles je n'apercevais
que de sinistres objets, à la première surprise je
fus terrassé, et jamais je ne serais revenu de
l'abattement où me jeta ce genre imprévu de
malheurs si je ne m'étais ménagé d'avance des
forces pour me relever dans mes chutes.

Ce ne fut qu'après des années d'agitations que,
reprenant enfin mes esprits et commençant de
rentrer en moi-même, je sentis le prix des ressources que je m'étais ménagées pour l'adversité. Décidé sur toutes les choses dont il m'importait

de juger, je vis, en comparant mes maximes à
ma situation, que je donnais aux insensés jugements des hommes et aux petits événements de
cette courte vie beaucoup plus d'importance
qu'ils n'en avaient. Que cette vie n'étant qu'un
état d'épreuves, il importait peu que ces épreuves fussent de telle ou telle sorte pourvu qu'il
en résultât l'effet auquel elles étaient destinées,
et que par conséquent plus les épreuves étaient
grandes, fortes, multipliées, plus il était avanta-
geux de les savoir soutenir. Toutes les plus vives
peines perdent leur force pour quiconque en
voit le dédommagement grand et sûr ; et la cer-
titude de ce dédommagement était le principal
fruit que j'avais retiré de mes méditations pré-
cédentes.

Il est vrai qu'au milieu des outrages sans
nombre et des indignités sans mesure dont je
me sentais accablé de toutes parts, des intervalles d'inquiétude et de doutes venaient de temps
à autre ébranler mon espérance et troubler ma
tranquillité. Les puissantes objections que je
n'avais pu résoudre se présentaient alors à mon
esprit avec plus de force pour achever de m'abat-
tre précisément dans les moments où, sur-
chargé du poids de ma destinée, j'étais prêt à
tomber dans le découragement. Souvent des
arguments nouveaux que j'entendais faire me
revenaient dans l'esprit à l'appui de ceux qui
m'avaient déjà tourmenté. Ah ! me disais-je alors

dans des serrements de cœur prêts à m'étouffer, qui me garantira du désespoir si dans l'horreur de mon sort je ne vois plus que des chimères dans les consolations que me fournissait ma raison ? si, détruisant ainsi son propre ouvrage, elle renverse tout l'appui d'espérance et de confiance qu'elle m'avait ménagé dans l'adversité ? Quel appui que des illusions qui ne bercent que moi seul au monde ? Toute la génération présente ne voit qu'erreurs et préjugés dans les sentiments dont je me nourris seul ; elle trouve la vérité, l'évidence, dans le système contraire au mien ; elle semble même ne pouvoir croire que je l'adopte de bonne foi, et moi-même en m'y livrant de toute ma volonté j'y trouve des difficultés insurmontables qu'il m'est impossible de résoudre et qui ne m'empêchent pas d'y persister. Suis-je donc seul sage, seul éclairé parmi les mortels ? Pour croire que les choses sont ainsi suffit-il qu'elles me conviennent ? Puis-je prendre une confiance éclairée en des apparences qui n'ont rien de solide aux yeux du reste des hommes et qui me sembleraient même illusoires à moi-même si mon cœur ne soutenait pas ma raison ? N'eût-il pas mieux valu combattre mes persécuteurs à armes égales en adoptant leurs maximes que de rester sur les chimères des miennes en proie à leurs atteintes sans agir pour les repousser ? Je me crois sage et je ne suis que dupe, victime et martyr d'une vaine erreur.

Combien de fois dans ces moments de doute et d'incertitude je fus prêt à m'abandonner au désespoir ! Si jamais j'avais passé dans cet état un mois entier, c'était fait de ma vie et de moi. Mais ces crises, quoique autrefois assez fréquentes, ont toujours été courtes, et maintenant que je n'en suis pas délivré tout à fait encore elles sont si rares et si rapides qu'elles n'ont pas même la force de troubler mon repos. Ce sont de légères inquiétudes qui n'affectent pas plus mon âme qu'une plume qui tombe dans la rivière ne peut altérer le cours de l'eau. J'ai senti que remettre en délibération les mêmes points sur lesquels je m'étais ci-devant décidé était me supposer de nouvelles lumières ou le jugement plus formé ou plus de zèle pour la vérité que je n'avais lors de mes recherches, qu'aucun de ces cas n'étant ni ne pouvant être le mien, je ne pouvais préférer par aucune raison solide des opinions qui dans l'accablement du désespoir ne me tentaient que pour augmenter ma misère, à des sentiments adoptés dans la vigueur de l'âge, dans toute la maturité de l'esprit, après l'examen le plus réfléchi, et dans des temps où le calme de ma vie ne me laissait d'autre intérêt dominant que celui de connaître la vérité. Aujourd'hui que mon cœur serré de détresse, mon âme affaissée par les ennuis, mon imagination effarouchée, ma tête troublée par tant d'affreux mystères dont je suis environné, aujourd'hui que toutes mes facultés, affaiblies par la vieillesse et les angoisses, ont perdu tout leur ressort, irai-je m'ôter à plaisir toutes les ressources que je m'étais ménagées, et donner plus de confiance à ma raison déclinante pour me rendre injustement malheureux, qu'à ma raison pleine et vigoureuse pour me dédommager des maux que je souffre sans les avoir mérités ? Non, je ne suis ni plus sage, ni mieux instruit, ni de meilleure foi que quand je me décidai sur ces grandes questions, je n'ignorais pas alors les difficultés dont je me laisse troubler aujourd'hui ; elles ne m'arrêtèrent pas, et s'il s'en présente quelques nouvelles dont on ne s'était pas encore avisé, ce sont les sophismes d'une subtile métaphysique qui ne sauraient balancer les vérités éternelles admises de tous les temps, par tous les sages, reconnues par toutes les nations et gravées dans le cœur humain en caractères ineffaçables. Je savais en méditant sur ces matières que l'entendement humain circonscrit par les sens ne les pouvait embrasser dans toute leur étendue. Je m'en tins donc à ce qui était à ma portée sans m'engager dans ce qui la passait. Ce parti était raisonnable, je l'embrassai jadis, et m'y tins avec l'assentiment de mon cœur et de ma raison. Sur quel fondement y renoncerais-je aujourd'hui que tant de puissants motifs m'y doivent tenir attaché ? Quel danger vois-je à le suivre ? Quel profit trouverais-je à l'abandonner ? En prenant

la doctrine de mes persécuteurs, prendrais-je
aussi leur morale ? Cette morale sans racine et
sans fruit qu'ils étalent pompeusement dans
des livres ou dans quelque action d'éclat sur le
théâtre, sans qu'il en pénètre jamais rien dans
le cœur ni dans la raison ; ou bien cette autre
morale secrète et cruelle, doctrine intérieure de
tous leurs initiés, à laquelle l'autre ne sert que de
masque, qu'ils suivent seule dans leur conduite et
qu'ils ont si habilement pratiquée à mon égard.
Cette morale, purement offensive, ne sert point
à la défense et n'est bonne qu'à l'agression. De
quoi me servirait-elle dans l'état où ils m'ont réduit ? Ma seule innocence me soutient dans les
malheurs, et combien me rendrais-je plus malheureux encore, si m'ôtant cette unique mais
puissante ressource, j'y substituais la méchanceté ? Les atteindrais-je dans l'art de nuire, et
quand j'y réussirais, de quel mal me soulagerait
celui que je leur pourrais faire ? Je perdrais ma
propre estime et je ne gagnerais rien à la place.

C'est ainsi que raisonnant avec moi-même je
parvins à ne plus me laisser ébranler dans mes
principes par des arguments captieux, par des
objections insolubles et par des difficultés qui
passaient ma portée et peut-être celle de l'esprit
humain. Le mien, restant dans la plus solide
assiette que j'avais pu lui donner, s'accoutuma
si bien à s'y reposer à l'abri de ma conscience
qu'aucune doctrine étrangère ancienne ou nou-

velle ne peut plus l'émouvoir, ni troubler un instant mon repos. Tombé dans la langueur et l'appesantissement d'esprit, j'ai oublié jusqu'aux raisonnements sur lesquels je fondais ma croyance et mes maximes, mais je n'oublierai jamais les conclusions que j'en ai tirées avec l'approbation de ma conscience et de ma raison, et je m'y tiens désormais. Que tous les philosophes viennent ergoter contre : ils perdront leur temps et leurs peines. Je me tiens pour le reste de ma vie en toute chose au parti que j'ai pris quand j'étais plus en état de bien choisir.

Tranquille dans ces dispositions, j'y trouve, avec le contentement de moi, l'espérance et les consolations dont j'ai besoin dans ma situation. Il n'est pas possible qu'une solitude aussi complète, aussi permanente, aussi triste en elle-même, l'animosité toujours sensible et toujours active de toute la génération présente, les indignités dont elle m'accable sans cesse, ne me jettent quelquefois dans l'abattement ; l'espérance ébranlée, les doutes décourageants reviennent encore de temps à autre troubler mon âme et la remplir de tristesse. C'est alors qu'incapable des opérations de l'esprit nécessaires pour me rassurer moi-même, j'ai besoin de me rappeler mes anciennes résolutions ; les soins, l'attention, la sincérité de cœur que j'ai mis à les prendre reviennent alors à mon souvenir et me rendent toute ma confiance. Je me refuse ainsi à toutes

nouvelles idées comme à des erreurs funestes
qui n'ont qu'une fausse apparence et ne sont
bonnes qu'à troubler mon repos.

Ainsi retenu dans l'étroite sphère de mes anciennes connaissances, je n'ai pas, comme Solon,
le bonheur de pouvoir m'instruire chaque jour
en vieillissant, et je dois même me garantir du
dangereux orgueil de vouloir apprendre ce que
je suis désormais hors d'état de bien savoir. Mais
s'il me reste peu d'acquisitions à espérer du côté
des lumières utiles, il m'en reste de bien impor-
tantes à faire du côté des vertus nécessaires à
mon état. C'est là qu'il serait temps d'enrichir
et d'orner mon âme d'un acquis qu'elle pût
emporter avec elle, lorsque, délivrée de ce corps
qui l'offusque et l'aveugle, et voyant la vérité
sans voile, elle apercevra la misère de toutes ces
connaissances dont nos faux savants sont si vains.
Elle gémira des moments perdus en cette vie à
les vouloir acquérir. Mais la patience, la douceur, la résignation, l'intégrité, la justice impar-
tiale sont un bien qu'on emporte avec soi, et
dont on peut s'enrichir sans cesse, sans craindre
que la mort même nous en fasse perdre le prix.
C'est à cette unique et utile étude que je consa-
cre le reste de ma vieillesse. Heureux si par mes
progrès sur moi-même j'apprends à sortir de la
vie, non meilleur, car cela n'est pas possible, mais
plus vertueux que je n'y suis entré.

SIXIÈME PROMENADE

Nous n'avons guère de mouvement machinal dont nous ne pussions trouver la cause dans notre cœur, si nous savions bien l'y chercher. Hier, passant sur le nouveau boulevard pour aller herboriser le long de la Bièvre du côté de Gentilly, je fis le crochet à droite en approchant de la barrière d'Enfer, et m'écartant dans la campagne j'allai par la route de Fontainebleau gagner les hauteurs qui bordent cette petite rivière. Cette marche était fort indifférente en elle-même, mais en me rappelant que j'avais fait plusieurs fois machinalement le même détour, j'en recherchai la cause en moi-même, et je ne pus m'empêcher de rire quand je vins à la démêler.

Dans un coin du boulevard, à la sortie de la barrière d'Enfer, s'établit journellement en été une femme qui vend du fruit, de la tisane et des petits pains. Cette femme a un petit garçon fort gentil mais boiteux qui, clopinant avec ses béquilles, s'en va d'assez bonne grâce deman-

der l'aumône aux passants. J'avais fait une espèce
de connaissance avec ce petit bonhomme ; il ne
manquait pas chaque fois que je passais de venir
me faire son petit compliment, toujours suivi de
ma petite offrande. Les premières fois je fus
charmé de le voir, je lui donnais de très bon
cœur, et je continuai quelque temps de le faire
avec le même plaisir, y joignant même le plus
souvent celui d'exciter et d'écouter son petit
babil que je trouvais agréable. Ce plaisir devenu
par degrés habitude se trouva, je ne sais comment, transformé dans une espèce de devoir
dont je sentis bientôt la gêne, surtout à cause
de la harangue préliminaire qu'il fallait écouter, et dans laquelle il ne manquait jamais de
m'appeler souvent M. Rousseau pour montrer
qu'il me connaissait bien, ce qui m'apprenait
assez au contraire qu'il ne me connaissait pas
plus que ceux qui l'avaient instruit. Dès lors je
passai par là moins volontiers, et enfin je pris
machinalement l'habitude de faire le plus souvent un détour quand j'approchais de cette tra-
verse.

Voilà ce que je découvris en y réfléchissant :
car rien de tout cela ne s'était offert jusqu'alors
distinctement à ma pensée. Cette observation
m'en a rappelé successivement des multitudes
d'autres qui m'ont bien confirmé que les vrais
et premiers motifs de la plupart de mes actions
ne me sont pas aussi clairs à moi-même que je

me l'étais longtemps figuré. Je sais et je sens que faire du bien est le plus vrai bonheur que le cœur humain puisse goûter ; mais il y a long-temps que ce bonheur a été mis hors de ma por-tée, et ce n'est pas dans un aussi misérable sort que le mien qu'on peut espérer de placer avec choix et avec fruit une seule action réellement bonne. Le plus grand soin de ceux qui règlent ma destinée ayant été que tout ne fût pour moi que fausse et trompeuse apparence, un motif de vertu n'est jamais qu'un leurre qu'on me pré-sente pour m'attirer dans le piège où l'on veut m'enlacer. Je sais cela ; je sais que le seul bien qui soit désormais en ma puissance est de m'abste-nir d'agir de peur de mal faire sans le vouloir et sans le savoir.

Mais il fut des temps plus heureux où, suivant les mouvements de mon cœur, je pouvais quel-quefois rendre un autre cœur content, et je me dois l'honorable témoignage que chaque fois que j'ai pu goûter ce plaisir je l'ai trouvé plus doux qu'aucun autre. Ce penchant fut vif, vrai, pur, et rien dans mon plus secret intérieur ne l'a jamais démenti. Cependant j'ai senti souvent le poids de mes propres bienfaits par la chaîne des devoirs qu'ils entraînaient à leur suite : alors le plaisir a disparu et je n'ai plus trouvé dans la continuation des mêmes soins qui m'avaient d'abord charmé qu'une gêne presque insuppor-table. Durant mes courtes prospérités beaucoup de gens recouraient à moi, et jamais dans tous les services que je pus leur rendre aucun d'eux ne fut éconduit. Mais de ces premiers bienfaits versés avec effusion de cœur naissaient des chaînes d'engagements successifs que je n'avais pas prévus et dont je ne pouvais plus secouer le joug. Mes premiers services n'étaient aux yeux de ceux qui les recevaient que les erres[1] de ceux qui les devaient suivre ; et dès que quelque infortuné avait jeté sur moi le grappin d'un bienfait reçu, c'en était fait désormais, et ce premier bienfait libre et volontaire devenait un droit indéfini à tous ceux dont il pouvait avoir besoin dans la suite, sans que l'impuissance même suffît pour m'en affranchir. Voilà comment des jouissances très douces se transformaient pour moi dans la suite en d'onéreux assujettissements.

Ces chaînes cependant ne me parurent pas très pesantes tant qu'ignoré du public je vécus dans l'obscurité. Mais quand une fois ma personne fut affichée par mes écrits, faute grave sans doute, mais plus qu'expiée par mes malheurs, dès lors je devins le bureau général d'adresse de tous les souffreteux ou soi-disant tels, de tous les aventuriers qui cherchaient des dupes, de tous ceux qui sous prétexte du grand crédit qu'ils feignaient de m'attribuer voulaient s'emparer de moi de manière ou d'autre. C'est alors que

---

1. Telle était la prononciation habituelle du mot « arrhes ».

j'eus lieu de connaître que tous les penchants de la nature sans excepter la bienfaisance elle-même, portés ou suivis dans la société sans prudence et sans choix, changent de nature et deviennent souvent aussi nuisibles qu'ils étaient utiles dans leur première direction. Tant de cruelles expériences changèrent peu à peu mes premières dispositions, ou plutôt, les renfermant enfin dans leurs véritables bornes, elles m'apprirent à suivre moins aveuglément mon penchant à bien faire, lorsqu'il ne servait qu'à favoriser la méchanceté d'autrui.

Mais je n'ai point regret à ces mêmes expériences, puisqu'elles m'ont procuré par la réflexion de nouvelles lumières sur la connaissance de moi-même et sur les vrais motifs de ma conduite en mille circonstances sur lesquelles je me suis si souvent fait illusion. J'ai vu que pour bien faire avec plaisir il fallait que j'agisse librement, sans contrainte, et que pour m'ôter toute la douceur d'une bonne œuvre il suffisait qu'elle devînt un devoir pour moi. Dès lors le poids de l'obligation me fait un fardeau des plus douces jouissances et, comme je l'ai dit dans l'*Émile*, à ce que je crois[1], j'eusse été chez les Turcs un mauvais mari à l'heure où le cri public les appelle à remplir les devoirs de leur état.

Voilà ce qui modifie beaucoup l'opinion que

1. Livre V des *Confessions*.

j'eus longtemps de ma propre vertu ; car il n'y en a point à suivre ses penchants et à se donner, quand ils nous y portent, le plaisir de bien faire. Mais elle consiste à les vaincre quand le devoir le commande, pour faire ce qu'il nous prescrit, et voilà ce que j'ai su moins faire qu'homme du monde. Né sensible et bon, portant la pitié jusqu'à la faiblesse, et me sentant exalter l'âme par tout ce qui tient à la générosité, je fus humain, bienfaisant, secourable, par goût, par passion même, tant qu'on n'intéressa que mon cœur ; j'eusse été le meilleur et le plus clément des hommes si j'en avais été le plus puissant, et pour éteindre en moi tout désir de vengeance il m'eût suffi de pouvoir me venger. J'aurais même été juste sans peine contre mon propre intérêt, mais contre celui des personnes qui m'étaient chères je n'aurais pu me résoudre à l'être. Dès que mon devoir et mon cœur étaient en contradiction, le premier eut rarement la victoire, à moins qu'il ne fallût seulement que m'abstenir ; alors j'étais fort le plus souvent, mais agir contre mon penchant me fut toujours impossible. Que ce soient les hommes, le devoir ou même la nécessité qui commandent quand mon cœur se tait, ma volonté reste sourde, et je ne saurais obéir. Je vois le mal qui me menace et je le laisse arriver plutôt que de m'agiter pour le prévenir. Je commence quelquefois avec effort, mais cet effort me lasse et m'épuise bien vite ; je ne saurais continuer. En toute chose imaginable ce que je ne fais pas avec plaisir m'est bientôt impossible à faire.

Il y a plus. La contrainte d'accord avec mon désir suffit pour l'anéantir, et le changer en répugnance, en aversion même, pour peu qu'elle agisse trop fortement, et voilà ce qui me rend pénible la bonne œuvre qu'on exige et que je faisais de moi-même lorsqu'on ne l'exigeait pas. Un bienfait purement gratuit est certainement une œuvre que j'aime à faire. Mais quand celui qui l'a reçu s'en fait un titre pour en exiger la continuation sous peine de sa haine, quand il me fait une loi d'être à jamais son bienfaiteur pour avoir d'abord pris plaisir à l'être, dès lors la gêne commence et le plaisir s'évanouit. Ce que je fais alors quand je cède est faiblesse et mauvaise honte, mais la bonne volonté n'y est plus, et loin que je m'en applaudisse en moi-même, je me reproche en ma conscience de bien faire à contre-cœur.

Je sais qu'il y a une espèce de contrat et même le plus saint de tous entre le bienfaiteur et l'obligé. C'est une sorte de société qu'ils forment l'un avec l'autre, plus étroite que celle qui unit les hommes en général, et si l'obligé s'engage tacitement à la reconnaissance, le bienfaiteur s'engage de même à conserver à l'autre, tant qu'il ne s'en rendra pas indigne, la même bonne volonté qu'il vient de lui témoigner, et à lui en re-

nouveler les actes toutes les fois qu'il le pourra
et qu'il en sera requis. Ce ne sont pas là des
conditions expresses, mais ce sont des effets naturels de la relation qui vient de s'établir entre
eux. Celui qui la première fois refuse un service
gratuit qu'on lui demande ne donne aucun
droit de se plaindre à celui qu'il a refusé ; mais
celui qui dans un cas semblable refuse au même
la même grâce qu'il lui accorda ci-devant frus-
tre une espérance qu'il l'a autorisé à concevoir ; il
trompe et dément une attente qu'il a fait naître. On sent dans ce refus je ne sais quoi d'injuste
et de plus dur que dans l'autre ; mais il n'en est
pas moins l'effet d'une indépendance que le
cœur aime, et à laquelle il ne renonce pas sans
effort. Quand je paye une dette, c'est un devoir
que je remplis ; quand je fais un don, c'est un
plaisir que je me donne. Or le plaisir de remplir
ses devoirs est de ceux que la seule habitude de
la vertu fait naître : ceux qui nous viennent immédiatement de la nature ne s'élèvent pas si
haut que cela.

Après tant de tristes expériences j'ai appris à
prévoir de loin les conséquences de mes premiers
mouvements suivis, et je me suis souvent abs-
tenu d'une bonne œuvre que j'avais le désir et
le pouvoir de faire, effrayé de l'assujettissement
auquel dans la suite je m'allais soumettre si je
m'y livrais inconsidérément. Je n'ai pas toujours senti cette crainte, au contraire dans ma

jeunesse je m'attachais par mes propres bienfaits, et j'ai souvent éprouvé de même que ceux
que j'obligeais s'affectionnaient à moi par reconnaissance encore plus que par intérêt. Mais
les choses ont bien changé de face à cet égard
comme à tout autre aussitôt que mes malheurs
ont commencé. J'ai vécu dès lors dans une génération nouvelle qui ne ressemblait point à la
première, et mes propres sentiments pour les
autres ont souffert des changements que j'ai
trouvés dans les leurs. Les mêmes gens que j'ai
vus successivement dans ces deux générations si
différentes se sont pour ainsi dire assimilés successivement à l'une et à l'autre. De vrais et francs
qu'ils étaient d'abord, devenus ce qu'ils sont, ils
ont fait comme tous les autres ; et par cela seul
que les temps sont changés, les hommes ont
changé comme eux. Eh ! comment pourrais-je
garder les mêmes sentiments pour ceux en qui
je trouve le contraire de ce qui les fit naître ? Je
ne les hais point, parce que je ne saurais haïr ;
mais je ne puis me défendre du mépris qu'ils
méritent ni m'abstenir de le leur témoigner.

Peut-être, sans m'en apercevoir, ai-je changé
moi-même plus qu'il n'aurait fallu. Quel naturel résisterait sans s'altérer à une situation pareille
à la mienne ? Convaincu par vingt ans d'expérience que tout ce que la nature a mis d'heureu-
ses dispositions dans mon cœur est tourné par
ma destinée et par ceux qui en disposent au

préjudice de moi-même ou d'autrui, je ne puis plus regarder une bonne œuvre qu'on me présente à faire que comme un piège qu'on me tend et sous lequel est caché quelque mal. Je sais que, quel que soit l'effet de l'œuvre, je n'en aurai pas moins le mérite de ma bonne intention. Oui, ce mérite y est toujours sans doute, mais le charme intérieur n'y est plus, et sitôt que ce stimulant me manque, je ne sens qu'indifférence et glace au-dedans de moi, et sûr qu'au lieu de faire une action vraiment utile je ne fais qu'un acte de dupe, l'indignation de l'amour-propre jointe au désaveu de la raison ne m'inspire que répugnance et résistance où j'eusse été plein d'ardeur et de zèle dans mon état naturel.

Il est des sortes d'adversités qui élèvent et renforcent l'âme, mais il en est qui l'abattent et la tuent ; telle est celle dont je suis la proie. Pour peu qu'il y eût eu quelque mauvais levain dans la mienne elle l'eût fait fermenter à l'excès, elle m'eût rendu frénétique ; mais elle ne m'a rendu que nul. Hors d'état de bien faire et pour moi-même et pour autrui, je m'abstiens d'agir ; et cet état, qui n'est innocent que parce qu'il est forcé, me fait trouver une sorte de douceur à me livrer pleinement sans reproche à mon penchant naturel. Je vais trop loin sans doute, puisque j'évite les occasions d'agir, même où je ne vois que du bien à faire. Mais certain qu'on ne me laisse pas voir les choses comme elles sont, je m'abstiens de juger sur les apparences qu'on leur donne, et de quelque leurre qu'on couvre les motifs d'agir, il suffit que ces motifs soient laissés à ma portée pour que je sois sûr qu'ils sont trompeurs.

Ma destinée semble avoir tendu dès mon enfance le premier piège qui m'a rendu longtemps si facile à tomber dans tous les autres. Je suis né le plus confiant des hommes et durant quarante ans entiers jamais cette confiance ne fut trompée une seule fois. Tombé tout d'un coup dans un autre ordre de gens et de choses j'ai donné dans mille embûches sans jamais en apercevoir aucune, et vingt ans d'expérience ont à peine suffi pour m'éclairer sur mon sort. Une fois convaincu qu'il n'y a que mensonge et fausseté dans les démonstrations grimacières qu'on me prodigue, j'ai passé rapidement à l'autre extrémité : car quand on est une fois sorti de son naturel, il n'y a plus de bornes qui nous retiennent. Dès lors je me suis dégoûté des hommes, et ma volonté concourant avec la leur à cet égard me tient encore plus éloigné d'eux que ne font toutes leurs machines.

Ils ont beau faire : cette répugnance ne peut jamais aller jusqu'à l'aversion. En pensant à la dépendance où ils se sont mis de moi pour me tenir dans la leur, ils me font une pitié réelle. Si je suis malheureux ils le sont eux-mêmes, et chaque fois que je rentre en moi je les trouve

toujours à plaindre. L'orgueil peut-être se mêle
encore à ces jugements, je me sens trop au-dessus d'eux pour les haïr. Ils peuvent m'intéresser
tout au plus jusqu'au mépris, mais jamais jusqu'à
la haine : enfin je m'aime trop moi-même pour
pouvoir haïr qui que ce soit. Ce serait resserrer,
comprimer mon existence, et je voudrais plutôt
l'étendre sur tout l'univers.

J'aime mieux les fuir que les haïr. Leur aspect
frappe mes sens et par eux mon cœur d'impressions que mille regards cruels me rendent pénibles ; mais le malaise cesse aussitôt que l'objet
qui le cause a disparu. Je m'occupe d'eux, et bien
malgré moi par leur présence, mais jamais par
leur souvenir. Quand je ne les vois plus, ils sont
pour moi comme s'ils n'existaient point.

Ils ne me sont même indifférents qu'en ce qui
se rapporte à moi ; car dans leurs rapports entre
eux ils peuvent encore m'intéresser et m'émouvoir comme les personnages d'un drame que je
verrais représenter. Il faudrait que mon être
moral fût anéanti pour que la justice me devînt
indifférente. Le spectacle de l'injustice et de la
méchanceté me fait encore bouillir le sang de
colère ; les actes de vertu où je ne vois ni forfante-
rie ni ostentation me font toujours tressaillir de
joie et m'arrachent encore de douces larmes.
Mais il faut que je les voie et les apprécie moi-
même ; car après ma propre histoire il faudrait
que je fusse insensé pour adopter sur quoi que

ce fût le jugement des hommes, et pour croire aucune chose sur la foi d'autrui.

Si ma figure et mes traits étaient aussi parfaitement inconnus aux hommes que le sont mon caractère et mon naturel, je vivrais encore sans peine au milieu d'eux. Leur société même pourrait me plaire tant que je leur serais parfaitement étranger. Livré sans contrainte à mes inclinations naturelles, je les aimerais encore s'ils ne s'occupaient jamais de moi. J'exercerais sur eux une bienveillance universelle et parfaitement désintéressée : mais sans former jamais d'attachement particulier, et sans porter le joug d'aucun devoir, je ferais envers eux librement et de moi-même tout ce qu'ils ont tant de peine à faire incités par leur amour-propre et contraints par toutes leurs lois.

Si j'étais resté libre, obscur, isolé, comme j'étais fait pour l'être, je n'aurais fait que du bien : car je n'ai dans le cœur le germe d'aucune passion nuisible. Si j'eusse été invisible et tout-puissant comme Dieu, j'aurais été bienfaisant et bon comme lui. C'est la force et la liberté qui font les excellents hommes. La faiblesse et l'esclavage n'ont fait jamais que des méchants. Si j'eusse été possesseur de l'anneau de Gygès, il m'eût tiré de la dépendance des hommes et les eût mis dans la mienne. Je me suis souvent demandé, dans mes châteaux en Espagne, quel usage j'aurais fait de cet anneau ; car c'est bien là que la tentation d'abuser doit être près du pouvoir. Maître de contenter mes désirs, pouvant tout sans pouvoir être trompé par personne, qu'aurais-je pu désirer avec quelque suite ? Une seule chose : c'eût été de voir tous les cœurs contents. L'aspect de la félicité publique eût pu seul toucher mon cœur d'un sentiment permanent, et l'ardent désir d'y concourir eût été ma plus constante passion. Toujours juste sans partialité et toujours bon sans faiblesse, je me serais également garanti des méfiances aveugles et des haines implacables ; parce que, voyant les hommes tels qu'ils sont et lisant aisément au fond de leurs cœurs, j'en aurais peu trouvé d'assez aimables pour mériter toutes mes affections, peu d'assez odieux pour mériter toute ma haine, et que leur méchanceté même m'eût disposé à les plaindre par la connaissance certaine du mal qu'ils se font à eux-mêmes en voulant en faire à autrui. Peut-être aurais-je eu dans des moments de gaieté l'enfantillage d'opérer quelquefois des prodiges : mais parfaitement désintéressé pour moi-même et n'ayant pour loi que mes inclinations naturelles, sur quelques actes de justice sévère j'en aurais fait mille de clémence et d'équité. Ministre de la Providence et dispensateur de ses lois selon mon pouvoir, j'aurais fait des miracles plus sages et plus utiles que ceux de la légende dorée et du tombeau de Saint-Médard.

Il n'y a qu'un seul point sur lequel la faculté

de pénétrer partout invisible m'eût pu faire chercher des tentations auxquelles j'aurais mal résisté, et une fois entré dans ces voies d'égarement, où n'eussé-je point été conduit par elles ? Ce serait bien mal connaître la nature et moi-même que de me flatter que ces facilités ne m'auraient point séduit, ou que la raison m'aurait arrêté dans cette fatale pente. Sûr de moi sur tout autre article, j'étais perdu par celui-là seul. Celui que sa puissance met au-dessus de l'homme doit être au-dessus des faiblesses de l'humanité, sans quoi cet excès de force ne servira qu'à le mettre en effet au-dessous des autres et de ce qu'il eût été lui-même s'il fût resté leur égal.

Tout bien considéré, je crois que je ferai mieux de jeter mon anneau magique avant qu'il m'ait fait faire quelque sottise. Si les hommes s'obstinent à me voir tout autre que je ne suis et que mon aspect irrite leur injustice, pour leur ôter cette vue il faut les fuir, mais non pas m'éclipser au milieu d'eux. C'est à eux de se cacher devant moi, de me dérober leurs manœuvres, de fuir la lumière du jour, de s'enfoncer en terre comme des taupes. Pour moi, qu'ils me voient s'ils peuvent, tant mieux, mais cela leur est impossible ; ils ne verront jamais à ma place que le Jean-Jacques qu'ils se sont fait et qu'ils ont fait selon leur cœur, pour le haïr à leur aise. J'aurais donc tort de m'affecter de la façon dont ils me voient : je n'y dois prendre aucun intérêt véritable, car ce n'est pas moi qu'ils voient ainsi.

Le résultat que je puis tirer de toutes ces réflexions est que je n'ai jamais été vraiment propre à la société civile où tout est gêne, obligation,
devoir, et que mon naturel indépendant me
rendit toujours incapable des assujettissements
nécessaires à qui veut vivre avec les hommes.
Tant que j'agis librement je suis bon et je ne
fais que du bien ; mais sitôt que je sens le joug,
soit de la nécessité soit des hommes, je deviens
rebelle ou plutôt rétif, alors je suis nul. Lorsqu'il
faut faire le contraire de ma volonté, je ne le
fais point, quoi qu'il arrive ; je ne fais pas non
plus ma volonté même, parce que je suis faible.
Je m'abstiens d'agir : car toute ma faiblesse est
pour l'action, toute ma force est négative, et tous
mes péchés sont d'omission, rarement de com-
mission. Je n'ai jamais cru que la liberté de
l'homme consistât à faire ce qu'il veut, mais bien
à ne jamais faire ce qu'il ne veut pas, et voilà celle
que j'ai toujours réclamée, souvent conservée, et
par qui j'ai été le plus en scandale à mes contemporains. Car pour eux, actifs, remuants, ambi-
tieux, détestant la liberté dans les autres et n'en
voulant point pour eux-mêmes, pourvu qu'ils
fassent quelquefois leur volonté, ou plutôt qu'ils
dominent celle d'autrui, ils se gênent toute leur
vie à faire ce qui leur répugne et n'omettent rien
de servile pour commander. Leur tort n'a donc
pas été de m'écarter de la société comme un
membre inutile, mais de m'en proscrire comme

un membre pernicieux : car j'ai très peu fait de
bien, je l'avoue, mais pour du mal, il n'en est
entré dans ma volonté de ma vie, et je doute
qu'il y ait aucun homme au monde qui en ait
réellement moins fait que moi.

SEPTIÈME PROMENADE

Le recueil de mes longs rêves est à peine commencé, et déjà je sens qu'il touche à sa fin. Un autre amusement lui succède, m'absorbe, et m'ôte même le temps de rêver. Je m'y livre avec un engouement qui tient de l'extravagance et qui me fait rire moi-même quand j'y réfléchis ; mais je ne m'y livre pas moins, parce que dans la situation où me voilà, je n'ai plus d'autre règle de conduite que de suivre en tout mon penchant sans contrainte. Je ne peux rien à mon sort, je n'ai que des inclinations innocentes, et tous les jugements des hommes étant désormais nuls pour moi, la sagesse même veut qu'en ce qui reste à ma portée je fasse tout ce qui me flatte, soit en public soit à part moi, sans autre règle que ma fantaisie, et sans autre mesure que le peu de force qui m'est resté. Me voilà donc à mon foin pour toute nourriture, et à la botanique pour toute occupation. Déjà vieux, j'en avais pris la première teinture en Suisse auprès du docteur

d'Ivernois, et j'avais herborisé assez heureusement durant mes voyages pour prendre une
connaissance passable du règne végétal. Mais
devenu plus que sexagénaire et sédentaire à
Paris, les forces commençant à me manquer
pour les grandes herborisations, et d'ailleurs
assez livré à ma copie de musique pour n'avoir
pas besoin d'autre occupation, j'avais abandonné
cet amusement qui ne m'était plus nécessaire ;
j'avais vendu mon herbier, j'avais vendu mes livres, content de revoir quelquefois les plantes
communes que je trouvais autour de Paris dans
mes promenades. Durant cet intervalle le peu
que je savais s'est presque entièrement effacé de
ma mémoire, et bien plus rapidement qu'il ne
s'y était gravé.

Tout d'un coup, âgé de soixante-cinq ans passés, privé du peu de mémoire que j'avais et des
forces qui me restaient pour courir la campagne,
sans guide, sans livres, sans jardin, sans herbier,
me voilà repris de cette folie, mais avec plus
d'ardeur encore que je n'en eus en m'y livrant
la première fois ; me voilà sérieusement occupé
du sage projet d'apprendre par cœur tout le *Re-
gnum vegetabile* de Murray et de connaître toutes
les plantes connues sur la terre. Hors d'état de
racheter des livres de botanique, je me suis mis
en devoir de transcrire ceux qu'on m'a prêtés,
et résolu de refaire un herbier plus riche que le
premier, en attendant que j'y mette toutes les

plantes de la mer et des Alpes et de tous les arbres des Indes, je commence toujours à bon
compte par le mouron, le cerfeuil, la bourra-
che et le seneçon ; j'herborise savamment sur la
cage de mes oiseaux et à chaque nouveau brin
d'herbe que je rencontre je me dis avec satisfaction : Voilà toujours une plante de plus.

Je ne cherche pas à justifier le parti que je
prends de suivre cette fantaisie ; je la trouve
très raisonnable, persuadé que dans la position
où je suis, me livrer aux amusements qui me
flattent est une grande sagesse, et même une
grande vertu : c'est le moyen de ne laisser germer
dans mon cœur aucun levain de vengeance ou de
haine, et pour trouver dans ma destinée du
goût à quelque amusement, il faut assurément
avoir un naturel bien épuré de toutes passions
irascibles. C'est me venger de mes persécuteurs
à ma manière, je ne saurais les punir plus cruel-
lement que d'être heureux malgré eux.

Oui, sans doute, la raison me permet, me
prescrit même de me livrer à tout penchant qui
m'attire et que rien ne m'empêche de suivre ;
mais elle ne m'apprend pas pourquoi ce penchant m'attire, et quel attrait je puis trouver à
une vaine étude faite sans profit, sans progrès,
et qui, vieux, radoteur, déjà caduc et pesant, sans
facilité, sans mémoire, me ramène aux exerci-
ces de la jeunesse et aux leçons d'un écolier. Or
c'est une bizarrerie que je voudrais m'expliquer ;

il me semble que, bien éclaircie, elle pourrait jeter quelque nouveau jour sur cette connaissance de moi-même à l'acquisition de laquelle j'ai consacré mes derniers loisirs.

J'ai pensé quelquefois assez profondément ; mais rarement avec plaisir, presque toujours contre mon gré et comme par force : la rêverie me délasse et m'amuse, la réflexion me fatigue et m'attriste ; penser fut toujours pour moi une occupation pénible et sans charme. Quelquefois mes rêveries finissent par la méditation, mais plus souvent mes méditations finissent par la rêverie, et durant ces égarements mon âme erre et plane dans l'univers sur les ailes de l'imagination dans des extases qui passent toute autre jouissance.

Tant que je goûtai celle-là dans toute sa pureté, toute autre occupation me fut toujours insipide. Mais quand, une fois jeté dans la carrière littéraire par des impulsions étrangères, je sentis la fatigue du travail d'esprit et l'importunité d'une célébrité malheureuse, je sentis en même temps languir et s'attiédir mes douces rêveries, et bientôt forcé de m'occuper malgré moi de ma triste situation, je ne pus plus retrouver que bien rarement ces chères extases qui durant cinquante ans m'avaient tenu lieu de fortune et de gloire, et sans autre dépense que celle du temps m'avaient rendu dans l'oisiveté le plus heureux des mortels.

J'avais même à craindre dans mes rêveries que mon imagination effarouchée par mes malheurs ne tournât enfin de ce côté son activité, et que le continuel sentiment de mes peines, me resserrant le cœur par degrés, ne m'accablât enfin de leur poids. Dans cet état, un instinct qui m'est naturel, me faisant fuir toute idée attristante, imposa silence à mon imagination et, fixant mon attention sur les objets qui m'environnaient, me fit pour la première fois détailler le spectacle de la nature, que je n'avais guère contemplé jusqu'alors qu'en masse et dans son ensemble.

Les arbres, les arbrisseaux, les plantes sont la parure et le vêtement de la terre. Rien n'est si triste que l'aspect d'une campagne nue et pelée qui n'étale aux yeux que des pierres, du limon et des sables. Mais vivifiée par la nature et revêtue de sa robe de noces au milieu du cours des eaux et du chant des oiseaux, la terre offre à l'homme dans l'harmonie des trois règnes un spectacle plein de vie, d'intérêt et de charme, le seul spectacle au monde dont ses yeux et son cœur ne se lassent jamais.

Plus un contemplateur a l'âme sensible, plus il se livre aux extases qu'excite en lui cet accord. Une rêverie douce et profonde s'empare alors de ses sens, et il se perd avec une délicieuse ivresse dans l'immensité de ce beau système avec lequel il se sent identifié. Alors tous les objets particuliers lui échappent ; il ne voit et ne sent rien que dans le tout. Il faut que quelque circonstance particulière resserre ses idées et circonscrive son imagination pour qu'il puisse observer par parties cet univers qu'il s'efforçait d'embrasser.

C'est ce qui m'arriva naturellement quand mon cœur resserré par la détresse rapprochait et concentrait tous ses mouvements autour de lui pour conserver ce reste de chaleur prêt à s'évaporer et s'éteindre dans l'abattement où je tombais par degrés. J'errais nonchalamment dans les bois et dans les montagnes, n'osant penser de peur d'attiser mes douleurs. Mon imagination qui se refuse aux objets de peine laissait mes sens se livrer aux impressions légères mais douces des objets environnants. Mes yeux se promenaient sans cesse de l'un à l'autre, et il n'était pas possible que dans une variété si grande il ne s'en trouvât qui les fixaient davantage et les arrêtaient plus longtemps.

Je pris goût à cette récréation des yeux, qui dans l'infortune repose, amuse, distrait l'esprit et suspend le sentiment des peines. La nature des objets aide beaucoup à cette diversion et la rend plus séduisante. Les odeurs suaves, les vives couleurs, les plus élégantes formes semblent se disputer à l'envi le droit de fixer notre attention. Il ne faut qu'aimer le plaisir pour se livrer à des sensations si douces, et si cet effet n'a pas

lieu sur tous ceux qui en sont frappés, c'est dans
les uns faute de sensibilité naturelle et dans la
plupart que leur esprit trop occupé d'autres
idées ne se livre qu'à la dérobée aux objets qui
frappent leurs sens.

Une autre chose contribue encore à éloigner
du règne végétal l'attention des gens de goût ;
c'est l'habitude de ne chercher dans les plantes
que des drogues et des remèdes. Théophraste
s'y était pris autrement, et l'on peut regarder ce
philosophe comme le seul botaniste de l'Anti-
quité : aussi n'est-il presque point connu parmi
nous ; mais grâce à un certain Dioscoride, grand
compilateur de recettes, et à ses commenta-
teurs, la médecine s'est tellement emparée des
plantes transformées en simples qu'on n'y voit
que ce qu'on n'y voit point, savoir les préten-
dues vertus qu'il plaît au tiers et au quart de
leur attribuer. On ne conçoit pas que l'organisation végétale puisse par elle-même mériter
quelque attention ; des gens qui passent leur
vie à arranger savamment des coquilles se mo-
quent de la botanique comme d'une étude inutile quand on n'y joint pas, comme ils disent, celle
des propriétés, c'est-à-dire quand on n'aban-
donne pas l'observation de la nature qui ne
ment point et qui ne nous dit rien de tout cela,
pour se livrer uniquement à l'autorité des hommes qui sont menteurs et qui nous affirment
beaucoup de choses qu'il faut croire sur leur

parole, fondée elle-même le plus souvent sur
l'autorité d'autrui. Arrêtez-vous dans une prai-
rie émaillée à examiner successivement les fleurs
dont elle brille, ceux qui vous verront faire,
vous prenant pour un frater[1], vous demande-
ront des herbes pour guérir la rogne des enfants,
la gale des hommes ou la morve des chevaux.
Ce dégoûtant préjugé est détruit en partie dans
les autres pays et surtout en Angleterre grâce à
Linnæus qui a un peu tiré la botanique des éco-
les de pharmacie pour la rendre à l'histoire naturelle et aux usages économiques ; mais en
France où cette étude a moins pénétré chez les
gens du monde, on est resté sur ce point tellement barbare qu'un bel esprit de Paris voyant à
Londres un jardin de curieux plein d'arbres et
de plantes rares s'écria pour tout éloge : *Voilà
un fort beau jardin d'apothicaire.* À ce compte le
premier apothicaire fut Adam. Car il n'est pas
aisé d'imaginer un jardin mieux assorti de plantes que celui d'Éden.

Ces idées médicinales ne sont assurément
guère propres à rendre agréable l'étude de la botanique, elles flétrissent l'émail des prés, l'éclat
des fleurs, dessèchent la fraîcheur des bocages,
rendent la verdure et les ombrages insipides et
dégoûtants ; toutes ces structures charmantes
et gracieuses intéressent fort peu quiconque ne

1. Garçon chirurgien.

veut que piler tout cela dans un mortier, et l'on n'ira pas chercher des guirlandes pour les bergères parmi des herbes pour les lavements.

Toute cette pharmacie ne souillait point mes images champêtres ; rien n'en était plus éloigné que des tisanes et des emplâtres. J'ai souvent pensé en regardant de près les champs, les vergers, les bois et leurs nombreux habitants que le règne végétal était un magasin d'aliments donnés par la nature à l'homme et aux animaux. Mais jamais il ne m'est venu à l'esprit d'y chercher des drogues et des remèdes. Je ne vois rien dans ses diverses productions qui m'indique un pareil usage, et elle nous aurait montré le choix si elle nous l'avait prescrit, comme elle a fait pour les comestibles. Je sens même que le plaisir que je prends à parcourir les bocages serait empoisonné par le sentiment des infirmités humaines s'il me laissait penser à la fièvre, à la pierre, à la goutte et au mal caduc[1]. Du reste je ne disputerai point aux végétaux les grandes vertus qu'on leur attribue ; je dirai seulement qu'en supposant ces vertus réelles, c'est malice pure aux malades de continuer à l'être ; car de tant de maladies que les hommes se donnent il n'y a en pas une seule dont vingt sortes d'herbes ne guérissent radicalement.

Ces tournures d'esprit qui rapportent tou-

1. L'épilepsie.

jours tout à notre intérêt matériel, qui font chercher partout du profit ou des remèdes, et qui feraient regarder avec indifférence toute la nature si l'on se portait toujours bien, n'ont jamais été les miennes. Je me sens là-dessus tout à rebours des autres hommes : tout ce qui tient au sentiment de mes besoins attriste et gâte mes pensées, et jamais je n'ai trouvé de vrai charme aux plaisirs de l'esprit qu'en perdant tout à fait de vue l'intérêt de mon corps. Ainsi quand même je croirais à la médecine, et quand même ses remèdes seraient agréables, je ne trouverais jamais à m'en occuper ces délices que donne une contemplation pure et désintéressée et mon âme ne saurait s'exalter et planer sur la nature, tant que je la sens tenir aux liens de mon corps. D'ailleurs, sans avoir eu jamais grande confiance à la médecine, j'en ai eu beaucoup à des médecins que j'estimais, que j'aimais, et à qui je laissais gouverner ma carcasse avec pleine autorité. Quinze ans d'expérience m'ont instruit à mes dépens ; rentré maintenant sous les seules lois de la nature, j'ai repris par elle ma première santé. Quand les médecins n'auraient point contre moi d'autres griefs, qui pourrait s'étonner de leur haine ? Je suis la preuve vivante de la vanité de leur art et de l'inutilité de leurs soins.

Non, rien de personnel, rien qui tienne à l'intérêt de mon corps ne peut occuper vraiment mon âme. Je ne médite, je ne rêve jamais plus déli-

cieusement que quand je m'oublie moi-même.
Je sens des extases, des ravissements inexprima-
bles à me fondre pour ainsi dire dans le système
des êtres, à m'identifier avec la nature entière.
Tant que les hommes furent mes frères, je me
faisais des projets de félicité terrestre ; ces projets étant toujours relatifs au tout, je ne pouvais
être heureux que de la félicité publique, et
jamais l'idée d'un bonheur particulier n'a touché mon cœur que quand j'ai vu mes frères ne
chercher le leur que dans ma misère. Alors pour
ne les pas haïr il a bien fallu les fuir ; alors, me
réfugiant chez la mère commune, j'ai cherché
dans ses bras à me soustraire aux atteintes de
ses enfants, je suis devenu solitaire, ou, comme
ils disent, insociable et misanthrope, parce que
la plus sauvage solitude me paraît préférable à
la société des méchants, qui ne se nourrit que
de trahisons et de haine.

Forcé de m'abstenir de penser, de peur de penser à mes malheurs malgré moi ; forcé de contenir les restes d'une imagination riante mais
languissante, que tant d'angoisses pourraient
effaroucher à la fin ; forcé de tâcher d'oublier
les hommes, qui m'accablent d'ignominies et
d'outrages, de peur que l'indignation ne m'aigrît
enfin contre eux, je ne puis cependant me
concentrer tout entier en moi-même, parce
que mon âme expansive cherche malgré que j'en
aie à étendre ses sentiments et son existence

sur d'autres êtres, et je ne puis plus comme autrefois me jeter tête baissée dans ce vaste océan de la nature, parce que mes facultés affaiblies et relâchées ne trouvent plus d'objets assez déterminés, assez fixes, assez à ma portée pour s'y attacher fortement et que je ne me sens plus assez de vigueur pour nager dans le chaos de mes anciennes extases. Mes idées ne sont presque plus que des sensations, et la sphère de mon entendement ne passe pas les objets dont je suis immédiatement entouré.

Fuyant les hommes, cherchant la solitude, n'imaginant plus, pensant encore moins, et cependant doué d'un tempérament vif qui m'éloigne de l'apathie languissante et mélancolique, je commençai de m'occuper de tout ce qui m'entourait, et par un instinct fort naturel je donnai la préférence aux objets les plus agréables. Le règne minéral n'a rien en soi d'aimable et d'attrayant ; ses richesses enfermées dans le sein de la terre semblent avoir été éloignées des regards des hommes pour ne pas tenter leur cupidité. Elles sont là comme en réserve pour servir un jour de supplément aux véritables richesses qui sont plus à sa portée et dont il perd le goût à mesure qu'il se corrompt. Alors il faut qu'il appelle l'industrie, la peine et le travail au secours de ses misères ; il fouille les entrailles de la terre, il va chercher dans son centre aux risques de sa vie et aux dépens de sa santé des biens imaginaires à la place des biens réels qu'elle lui offrait d'elle-même quand il savait en jouir. Il fuit le soleil et le jour qu'il n'est plus digne de voir ; il s'enterre tout vivant et fait bien, ne méritant plus de vivre à la lumière du jour. Là, des carrières, des gouffres, des forges, des fourneaux, un appareil d'enclumes, de marteaux, de fumée et de feu succèdent aux douces images des travaux champêtres. Les visages hâves des malheureux qui languissent dans les infectes vapeurs des mines, de noirs forgerons, de hideux cyclopes sont le spectacle que l'appareil des mines substitue, au sein de la terre, à celui de la verdure et des fleurs, du ciel azuré, des bergers amoureux et des laboureurs robustes sur sa surface.

Il est aisé, je l'avoue, d'aller ramassant du sable et des pierres, d'en remplir ses poches et son cabinet et de se donner avec cela les airs d'un naturaliste : mais ceux qui s'attachent et se bornent à ces sortes de collections sont pour l'ordinaire de riches ignorants qui ne cherchent à cela que le plaisir de l'étalage. Pour profiter dans l'étude des minéraux, il faut être chimiste et physicien ; il faut faire des expériences pénibles et coûteuses, travailler dans des laboratoires, dépenser beaucoup d'argent et de temps parmi le charbon, les creusets, les fourneaux, les cornues, dans la fumée et les vapeurs étouffantes, toujours au risque de sa vie et souvent aux dépens de sa santé. De tout ce triste et fatigant travail résulte pour l'ordinaire beaucoup moins de savoir que d'orgueil, et où est le plus médiocre chimiste qui ne croie pas avoir pénétré toutes les grandes opérations de la nature pour avoir trouvé, par hasard peut-être, quelques petites combinaisons de l'art ?

Le règne animal est plus à notre portée et certainement mérite encore mieux d'être étudié. Mais enfin cette étude n'a-t-elle pas aussi ses difficultés, ses embarras, ses dégoûts et ses peines ? Surtout pour un solitaire qui n'a ni dans ses jeux ni dans ses travaux d'assistance à espérer de personne. Comment observer, disséquer, étudier, connaître les oiseaux dans les airs, les poissons dans les eaux, les quadrupèdes plus légers que le vent, plus forts que l'homme et qui ne sont pas plus disposés à venir s'offrir à mes recherches que moi de courir après eux pour les y soumettre de force ? J'aurais donc pour ressource des escargots, des vers, des mouches, et je passerais ma vie à me mettre hors d'haleine pour courir après des papillons, à empaler de pauvres insectes, à disséquer des souris quand j'en pourrais prendre ou les charognes des bêtes que par hasard je trouverais mortes. L'étude des animaux n'est rien sans l'anatomie ; c'est par elle qu'on apprend à les classer, à distinguer les genres, les espèces. Pour les étudier par leurs mœurs, par leurs caractères, il faudrait avoir des volières, des viviers, des ménageries ; il faudrait les contraindre en quelque manière que ce pût être à rester rassemblés autour de moi. Je n'ai ni le goût ni les moyens de les tenir en captivité, ni l'agilité nécessaire pour les suivre dans leurs allures quand ils sont en liberté. Il faudra donc les étudier morts, les déchirer, les désosser, fouiller à loisir dans leurs entrailles palpitantes ! Quel appareil affreux qu'un amphithéâtre anatomique, des cadavres puants, de baveuses et livides chairs, du sang, des intestins dégoûtants, des squelettes affreux, des vapeurs pestilentielles ! Ce n'est pas là, sur ma parole, que Jean-Jacques ira chercher ses amusements.

Brillantes fleurs, émail des prés, ombrages frais, ruisseaux, bosquets, verdure, venez purifier mon imagination salie par tous ces hideux objets. Mon âme morte à tous les grands mouvements ne peut plus s'affecter que par des objets sensibles ; je n'ai plus que des sensations, et ce n'est plus que par elles que la peine ou le plaisir peuvent m'atteindre ici-bas. Attiré par les riants objets qui m'entourent, je les considère, je les contemple, je les compare, j'apprends enfin à les classer, et me voilà tout d'un coup aussi botaniste qu'a besoin de l'être celui qui ne veut étudier la nature que pour trouver sans cesse de nouvelles raisons de l'aimer.

Je ne cherche point à m'instruire : il est trop

tard. D'ailleurs je n'ai jamais vu que tant de science contribuât au bonheur de la vie. Mais je cherche à me donner des amusements doux et simples que je puisse goûter sans peine et qui me distraient de mes malheurs. Je n'ai ni dépense à faire ni peine à prendre pour errer nonchalamment d'herbe en herbe, de plante en plante, pour les examiner, pour comparer leurs divers caractères, pour marquer leurs rapports et leurs différences, enfin pour observer l'organisation végétale de manière à suivre la marche et le jeu de ces machines vivantes, à chercher quelquefois avec succès leurs lois générales, la raison et la fin de leurs structures diverses et à me livrer au charme de l'admiration reconnaissante pour la main qui me fait jouir de tout cela.

Les plantes semblent avoir été semées avec profusion sur la terre comme les étoiles dans le ciel, pour inviter l'homme par l'attrait du plaisir et de la curiosité à l'étude de la nature ; mais les astres sont placés loin de nous ; il faut des connaissances préliminaires, des instruments, des machines, de bien longues échelles pour les atteindre et les rapprocher à notre portée. Les plantes y sont naturellement. Elles naissent sous nos pieds, et dans nos mains pour ainsi dire, et si la petitesse de leurs parties essentielles les dérobe quelquefois à la simple vue, les instruments qui les y rendent sont d'un beaucoup plus facile usage que ceux de l'astronomie. La

botanique est l'étude d'un oisif et paresseux solitaire : une pointe et une loupe sont tout l'appareil dont il a besoin pour les observer. Il se
promène, il erre librement d'un objet à l'autre,
il fait la revue de chaque fleur avec intérêt et
curiosité, et sitôt qu'il commence à saisir les
lois de leur structure il goûte à les observer un
plaisir sans peine aussi vif que s'il lui en coûtait
beaucoup. Il y a dans cette oiseuse occupation
un charme qu'on ne sent que dans le plein calme
des passions mais qui suffit seul alors pour rendre la vie heureuse et douce ; mais sitôt qu'on y
mêle un motif d'intérêt ou de vanité, soit pour
remplir des places ou pour faire des livres, sitôt
qu'on ne veut apprendre que pour instruire,
qu'on n'herborise que pour devenir auteur ou
professeur, tout ce doux charme s'évanouit, on
ne voit plus dans les plantes que des instruments de nos passions, on ne trouve plus aucun
vrai plaisir dans leur étude, on ne veut plus savoir mais montrer qu'on sait, et dans les bois
on n'est que sur le théâtre du monde, occupé
du soin de s'y faire admirer ; ou bien se bor-
nant à la botanique de cabinet et de jardin tout
au plus, au lieu d'observer les végétaux dans la
nature, on ne s'occupe que de systèmes et de
méthodes ; matière éternelle de dispute qui ne
fait pas connaître une plante de plus et ne jette
aucune véritable lumière sur l'histoire naturelle
et le règne végétal. De là les haines, les jalousies

que la concurrence de célébrité excite chez les botanistes auteurs autant et plus que chez les autres savants. En dénaturant cette aimable étude ils la transplantent au milieu des villes et des académies où elle ne dégénère pas moins que les plantes exotiques dans les jardins des curieux.

Des dispositions bien différentes ont fait pour moi de cette étude une espèce de passion qui remplit le vide de toutes celles que je n'ai plus. Je gravis les rochers, les montagnes, je m'enfonce dans les vallons, dans les bois, pour me dérober autant qu'il est possible au souvenir des hommes et aux atteintes des méchants. Il me semble que sous les ombrages d'une forêt je suis oublié, libre et paisible comme si je n'avais plus d'ennemis ou que le feuillage des bois dût me garantir de leurs atteintes comme il les éloigne de mon souvenir et je m'imagine dans ma bêtise qu'en ne pensant point à eux ils ne penseront point à moi. Je trouve une si grande douceur dans cette illusion que je m'y livrerais tout entier si ma situation, ma faiblesse et mes besoins me le permettaient. Plus la solitude où je vis alors est profonde, plus il faut que quelque objet en remplisse le vide, et ceux que mon imagination me refuse ou que ma mémoire repousse sont suppléés par les productions spontanées que la terre, non forcée par les hommes, offre à mes yeux de toutes parts. Le plaisir d'aller dans un désert chercher de nouvelles plan-

tes couvre celui d'échapper à mes persécuteurs
et, parvenu dans des lieux où je ne vois nulles
traces d'hommes, je respire plus à mon aise
comme dans un asile où leur haine ne me pour-
suit plus.

Je me rappellerai toute ma vie une herborisation que je fis un jour du côté de la Robaila,
montagne du justicier Clerc. J'étais seul, je
m'enfonçai dans les anfractuosités de la montagne, et de bois en bois, de roche en roche, je
parvins à un réduit si caché que je n'ai vu de ma
vie un aspect plus sauvage. De noirs sapins en-
tremêlés de hêtres prodigieux dont plusieurs
tombés de vieillesse et entrelacés les uns dans les
autres fermaient ce réduit de barrières impénétrables, quelques intervalles que laissait cette
sombre enceinte n'offraient au-delà que des ro-
ches coupées à pic et d'horribles précipices que
je n'osais regarder qu'en me couchant sur le
ventre. Le duc, la chevêche et l'orfraie faisaient
entendre leurs cris dans les fentes de la montagne, quelques petits oiseaux rares mais familiers
tempéraient cependant l'horreur de cette solitude. Là je trouvai la *Dentaire heptaphyllos*, le *Cicla-
men*, le *Nidus avis*, le grand *Lacerpitium* et quelques
autres plantes qui me charmèrent et m'amusè-
rent longtemps. Mais insensiblement dominé
par la forte impression des objets, j'oubliai la botanique et les plantes, je m'assis sur des oreillers
de *Lycopodium* et de mousses, et je me mis à rêver

plus à mon aise en pensant que j'étais là dans un
refuge ignoré de tout l'univers où les persécuteurs ne me déterreraient pas. Un mouvement
d'orgueil se mêla bientôt à cette rêverie. Je me
comparais à ces grands voyageurs qui découvrent
une île déserte, et je me disais avec complai-
sance : Sans doute je suis le premier mortel qui
ait pénétré jusqu'ici ; je me regardais presque
comme un autre Colomb. Tandis que je me pa-
vanais dans cette idée, j'entendis peu loin de
moi un certain cliquetis que je crus reconnaître ;
j'écoute : le même bruit se répète et se multi-
plie. Surpris et curieux je me lève, je perce à
travers un fourré de broussailles du côté d'où
venait le bruit, et dans une combe à vingt pas
du lieu même où je croyais être parvenu le premier j'aperçois une manufacture de bas.

Je ne saurais exprimer l'agitation confuse et
contradictoire que je sentis dans mon cœur à
cette découverte. Mon premier mouvement fut
un sentiment de joie de me retrouver parmi
des humains où je m'étais cru totalement seul.
Mais ce mouvement plus rapide que l'éclair fit
bientôt place à un sentiment douloureux plus
durable, comme ne pouvant dans les antres
mêmes des alpes échapper aux cruelles mains
des hommes, acharnés à me tourmenter. Car
j'étais bien sûr qu'il n'y avait peut-être pas deux
hommes dans cette fabrique qui ne fussent initiés dans le complot dont le prédicant Mont-

mollin s'était fait le chef, et qui tirait de plus loin ses premiers mobiles. Je me hâtai d'écarter cette triste idée et je finis par rire en moi-même et de ma vanité puérile et de la manière comique dont j'en avais été puni.

Mais en effet qui jamais eût dû s'attendre à trouver une manufacture dans un précipice ? Il n'y a que la Suisse au monde qui présente ce mélange de la nature sauvage et de l'industrie humaine. La Suisse entière n'est pour ainsi dire qu'une grande ville dont les rues, larges et longues plus que celle de Saint-Antoine, sont semées de forêts, coupées de montagnes, et dont les maisons éparses et isolées ne communiquent entre elles que par des jardins anglais. Je me rappelai à ce sujet une autre herborisation que Du Peyrou, d'Escherny, le colonel Pury, le justicier Clerc et moi avions faite il y avait quelque temps sur la montagne de Chasseron, du sommet de laquelle on découvre sept lacs. On nous dit qu'il n'y avait qu'une seule maison sur cette montagne, et nous n'eussions sûrement pas deviné la profession de celui qui l'habitait, si l'on n'eût ajouté que c'était un libraire, et qui même faisait fort bien ses affaires dans le pays. Il me semble qu'un seul fait de cette espèce fait mieux connaître la Suisse que toutes les descriptions des voyageurs.

En voici un autre de même nature ou à peu près qui ne fait pas moins connaître un peuple fort différent. Durant mon séjour à Grenoble je

faisais souvent de petites herborisations hors de
la ville avec le sieur Bovier, avocat de ce pays-là,
non pas qu'il aimât ni sût la botanique, mais
parce que s'étant fait mon garde de la manche,
il se faisait, autant que la chose était possible,
une loi de ne pas me quitter d'un pas. Un jour
nous nous promenions le long de l'Isère dans
un lieu tout plein de saules épineux. Je vis sur
ces arbrisseaux des fruits mûrs, j'eus la curiosité
d'en goûter, et leur trouvant une petite acidité
très agréable, je me mis à manger de ces grains
pour me rafraîchir ; le sieur Bovier se tenait à
côté de moi sans m'imiter et sans rien dire. Un
de ses amis survint, qui me voyant picorer ces
grains me dit : « Eh ! monsieur, que faites-vous
là ? Ignorez-vous que ce fruit empoisonne ? —
Ce fruit empoisonne ? m'écriai-je tout surpris.
— Sans doute, reprit-il, et tout le monde sait si
bien cela que personne dans le pays ne s'avise
d'en goûter. » Je regardai le sieur Bovier et je
lui dis : « Pourquoi donc ne m'avertissiez-vous
pas ? — Ah ! monsieur, me répondit-il d'un ton
respectueux, je n'osais pas prendre cette liberté. »
Je me mis à rire de cette humilité dauphinoise,
en discontinuant néanmoins ma petite collation.
J'étais persuadé, comme je le suis encore, que
toute production naturelle agréable au goût ne
peut être nuisible au corps ou ne l'est du moins
que par son excès. Cependant j'avoue que je
m'écoutai un peu tout le reste de la journée :

mais j'en fus quitte pour un peu d'inquiétude ;
je soupai très bien, dormis mieux, et me levai
le matin en parfaite santé, après avoir avalé la
veille quinze ou vingt grains de ce terrible *Hip-
pophae*, qui empoisonne à très petite dose, à ce
que tout le monde me dit à Grenoble le lendemain. Cette aventure me parut si plaisante que
je ne me la rappelle jamais sans rire de la singu-
lière discrétion de M. l'avocat Bovier.

Toutes mes courses de botanique, les diverses
impressions du local des objets qui m'ont frappé,
les idées qu'il m'a fait naître, les incidents qui
s'y sont mêlés, tout cela m'a laissé des impressions qui se renouvellent par l'aspect des plantes
herborisées dans ces mêmes lieux. Je ne rever-
rai plus ces beaux paysages, ces forêts, ces lacs,
ces bosquets, ces rochers, ces montagnes, dont
l'aspect a toujours touché mon cœur : mais
maintenant que je ne peux plus courir ces heu-
reuses contrées je n'ai qu'à ouvrir mon herbier
et bientôt il m'y transporte. Les fragments des
plantes que j'y ai cueillies suffisent pour me
rappeler tout ce magnifique spectacle. Cet herbier est pour moi un journal d'herborisations
qui me les fait recommencer avec un nouveau
charme et produit l'effet d'une optique[1] qui les
peindrait derechef à mes yeux.

1. Appareil d'optique qui donnait une sorte de relief ou de
profondeur aux images colorées qu'on y regardait.

C'est la chaîne des idées accessoires qui m'attache à la botanique. Elle rassemble et rappelle à mon imagination toutes les idées qui la flattent davantage. Les prés, les eaux, les bois, la solitude, la paix surtout et le repos qu'on trouve au milieu de tout cela sont retracés par elle incessamment à ma mémoire. Elle me fait oublier les persécutions des hommes, leur haine, leur mépris, leurs outrages, et tous les maux dont ils ont payé mon tendre et sincère attachement pour eux. Elle me transporte dans des habitations paisibles au milieu de gens simples et bons tels que ceux avec qui j'ai vécu jadis. Elle me rappelle et mon jeune âge et mes innocents plaisirs, elle m'en fait jouir derechef, et me rend heureux bien souvent encore au milieu du plus triste sort qu'ait subi jamais un mortel.

HUITIÈME PROMENADE

En méditant sur les dispositions de mon âme dans toutes les situations de ma vie, je suis extrêmement frappé de voir si peu de proportion entre les diverses combinaisons de ma destinée et les sentiments habituels de bien ou mal-être dont elles m'ont affecté. Les divers intervalles de mes courtes prospérités ne m'ont laissé presque aucun souvenir agréable de la manière intime et permanente dont elles m'ont affecté, et au contraire dans toutes les misères de ma vie je me sentais constamment rempli de sentiments tendres, touchants, délicieux, qui versant un baume salutaire sur les blessures de mon cœur navré semblaient en convertir la douleur en volupté, et dont l'aimable souvenir me revient seul, dégagé de celui des maux que j'éprouvais en même temps. Il me semble que j'ai plus goûté la douceur de l'existence, que j'ai réellement plus vécu quand mes sentiments resserrés, pour ainsi dire, autour de mon cœur par ma destinée, n'allaient point s'évaporant au-dehors sur tous les objets de l'estime des hommes, qui en méritent si peu par eux-mêmes et qui font l'unique occupation des gens que l'on croit heureux.

Quand tout était dans l'ordre autour de moi, quand j'étais content de tout ce qui m'entourait et de la sphère dans laquelle j'avais à vivre, je la remplissais de mes affections. Mon âme expansive s'étendait sur d'autres objets, et sans cesse attiré loin de moi par des goûts de mille espèces, par des attachements aimables qui sans cesse occupaient mon cœur, je m'oubliais en quelque façon moi-même, j'étais tout entier à ce qui m'était étranger et j'éprouvais dans la continuelle agitation de mon cœur toute la vicissitude des choses humaines. Cette vie orageuse ne me laissait ni paix au-dedans, ni repos au-dehors. Heureux en apparence, je n'avais pas un sentiment qui pût soutenir l'épreuve de la réflexion et dans lequel je pusse vraiment me complaire. Jamais je n'étais parfaitement content ni d'autrui ni de moi-même. Le tumulte du monde m'étourdissait, la solitude m'ennuyait, j'avais sans cesse besoin de changer de place et je n'étais bien nulle part. J'étais fêté pourtant, bien voulu, bien reçu, caressé partout. Je n'avais pas un ennemi, pas un malveillant, pas un envieux. Comme on ne cherchait qu'à m'obliger j'avais souvent le plaisir d'obliger moi-même beaucoup de monde, et sans bien, sans emploi,

sans fauteurs[1], sans grands talents bien dévelop-
pés ni bien connus, je jouissais des avantages atta-
chés à tout cela, et je ne voyais personne dans
aucun état dont le sort me parût préférable au
mien. Que me manquait-il donc pour être heureux, je l'ignore ; mais je sais que je ne l'étais pas.

Que me manque-t-il aujourd'hui pour être le
plus infortuné des mortels ? Rien de tout ce que
les hommes ont pu mettre du leur pour cela. Eh
bien, dans cet état déplorable je ne changerais
pas encore d'être et de destinée contre le plus
fortuné d'entre eux, et j'aime encore mieux être
moi dans toute ma misère que d'être aucun de
ces gens-là dans toute leur prospérité. Réduit à
moi seul, je me nourris, il est vrai, de ma propre substance, mais elle ne s'épuise pas et je me
suffis à moi-même, quoique je rumine pour ainsi
dire à vide et que mon imagination tarie et mes
idées éteintes ne fournissent plus d'aliments à
mon cœur. Mon âme offusquée, obstruée par
mes organes, s'affaisse de jour en jour et sous le
poids de ces lourdes masses n'a plus assez de
vigueur pour s'élancer comme autrefois hors
de sa vieille enveloppe.

C'est à ce retour sur nous-mêmes que nous
force l'adversité, et c'est peut-être là ce qui la
rend le plus insupportable à la plupart des hommes. Pour moi qui ne trouve à me reprocher que

1. Protecteurs (archaïsme).

des fautes, j'en accuse ma faiblesse et je me
console ; car jamais mal prémédité n'approcha
de mon cœur.

Cependant, à moins d'être stupide, comment
contempler un moment ma situation sans la
voir aussi horrible qu'ils l'ont rendue, et sans
périr de douleur et de désespoir ? Loin de cela,
moi le plus sensible des êtres, je la contemple et
ne m'en émeus pas, et sans combats, sans efforts
sur moi-même, je me vois presque avec indifférence dans un état dont nul autre homme peut-
être ne supporterait l'aspect sans effroi.

Comment en suis-je venu là ? Car j'étais bien
loin de cette disposition paisible au premier
soupçon du complot dont j'étais enlacé depuis
longtemps sans m'en être aucunement aperçu.
Cette découverte nouvelle me bouleversa. L'in-
famie et la trahison me surprirent au dépourvu.
Quelle âme honnête est préparée à de tels genres de peines ? Il faudrait les mériter pour les
prévoir. Je tombai dans tous les pièges qu'on
creusa sous mes pas, l'indignation, la fureur, le
délire s'emparèrent de moi, je perdis la tramon-
tane, ma tête se bouleversa, et dans les ténèbres
horribles où l'on n'a cessé de me tenir plongé
je n'aperçus plus ni lueur pour me conduire, ni
appui ni prise où je pusse me tenir ferme et résister au désespoir qui m'entraînait.

Comment vivre heureux et tranquille dans
cet état affreux ? J'y suis pourtant encore et

plus enfoncé que jamais, et j'y ai retrouvé le calme et la paix et j'y vis heureux et tranquille et j'y ris des incroyables tourments que mes persécuteurs se donnent en vain sans cesse tandis que je reste en paix, occupé de fleurs, d'étamines et d'enfantillages, et que je ne songe pas même à eux.

Comment s'est fait ce passage ? Naturellement, insensiblement et sans peine. La première surprise fut épouvantable. Moi qui me sentais digne d'amour et d'estime, moi qui me croyais honoré, chéri comme je méritais de l'être, je me vis travesti tout d'un coup en un monstre affreux tel qu'il n'en exista jamais. Je vois toute une génération se précipiter tout entière dans cette étrange opinion, sans explication, sans doute, sans honte, et sans que je puisse au moins parvenir à savoir jamais la cause de cette étrange révolution. Je me débattis avec violence et ne fis que mieux m'enlacer. Je voulus forcer mes persécuteurs à s'expliquer avec moi, ils n'avaient garde. Après m'être longtemps tourmenté sans succès, il fallut bien prendre haleine. Cependant j'espérais toujours, je me disais : Un aveuglement si stupide, une si absurde prévention ne saurait gagner tout le genre humain. Il y a des hommes de sens qui ne partagent pas ce délire, il y a des âmes justes qui détestent la fourberie et les traîtres. Cherchons, je trouverai peut-être enfin un homme ; si je le trouve, ils sont

confondus. J'ai cherché vainement, je ne l'ai
point trouvé. La ligue est universelle, sans exception, sans retour, et je suis sûr d'achever mes
jours dans cette affreuse proscription, sans jamais en pénétrer le mystère.

C'est dans cet état déplorable qu'après de longues angoisses, au lieu du désespoir qui semblait
devoir être enfin mon partage, j'ai retrouvé la sé-
rénité, la tranquillité, la paix, le bonheur même,
puisque chaque jour de ma vie me rappelle
avec plaisir celui de la veille, et que je n'en désire point d'autre pour le lendemain.

D'où vient cette différence ? D'une seule chose.
C'est que j'ai appris à porter le joug de la nécessité sans murmure. C'est que je m'efforçais
de tenir encore à mille choses et que, toutes ces
prises m'ayant successivement échappé, réduit
à moi seul j'ai repris enfin mon assiette. Pressé
de tous côtés je demeure en équilibre, parce
que, ne m'attachant plus à rien, je ne m'appuie
que sur moi.

Quand je m'élevais avec tant d'ardeur contre
l'opinion, je portais encore son joug sans que je
m'en aperçusse. On veut être estimé des gens
qu'on estime, et tant que je pus juger avanta-
geusement des hommes ou du moins de quelques hommes, les jugements qu'ils portaient de
moi ne pouvaient m'être indifférents. Je voyais
que souvent les jugements du public sont équi-
tables, mais je ne voyais pas que cette équité

même était l'effet du hasard, que les règles sur lesquelles les hommes fondent leurs opinions ne sont tirées que de leurs passions ou de leurs préjugés qui en sont l'ouvrage et que, lors même qu'ils jugent bien, souvent encore ces bons jugements naissent d'un mauvais principe, comme lorsqu'ils feignent d'honorer en quelque succès le mérite d'un homme, non par esprit de justice mais pour se donner un air impartial en calomniant tout à leur aise le même homme sur d'autres points.

Mais quand, après de longues et vaines recherches, je les vis tous rester sans exception dans le plus inique et absurde système qu'un esprit infernal pût inventer ; quand je vis qu'à mon égard la raison était bannie de toutes les têtes et l'équité de tous les cœurs ; quand je vis une génération frénétique se livrer tout entière à l'aveugle fureur de ses guides contre un infortuné qui jamais ne fit, ne voulut, ne rendit de mal à personne ; quand après avoir vainement cherché un homme il fallut éteindre enfin ma lanterne et m'écrier : Il n'y en a plus ; alors je commençai à me voir seul sur la terre, et je compris que mes contemporains n'étaient par rapport à moi que des êtres mécaniques qui n'agissaient que par impulsion et dont je ne pouvais calculer l'action que par les lois du mouvement. Quelque intention, quelque passion que j'eusse pu supposer dans leurs âmes, elles n'auraient jamais expliqué leur conduite à mon égard d'une façon que je pusse entendre. C'est ainsi que leurs dispositions intérieures cessèrent d'être quelque chose pour moi. Je ne vis plus en eux que des masses différemment mues, dépourvues à mon égard de toute moralité.

Dans tous les maux qui nous arrivent, nous regardons plus à l'intention qu'à l'effet. Une tuile qui tombe d'un toit peut nous blesser davantage mais ne nous navre pas tant qu'une pierre lancée à dessein par une main malveillante. Le coup porte à faux quelquefois, mais l'intention ne manque jamais son atteinte. La douleur matérielle est ce qu'on sent le moins dans les atteintes de la fortune, et quand les infortunés ne savent à qui s'en prendre de leurs malheurs ils s'en prennent à la destinée qu'ils personnifient et à laquelle ils prêtent des yeux et une intelligence pour les tourmenter à dessein. C'est ainsi qu'un joueur dépité par ses pertes se met en fureur sans savoir contre qui. Il imagine un sort qui s'acharne à dessein sur lui pour le tourmenter et, trouvant un aliment à sa colère, il s'anime et s'enflamme contre l'ennemi qu'il s'est créé. L'homme sage qui ne voit dans tous les malheurs qui lui arrivent que les coups de l'aveugle nécessité n'a point ces agitations insensées ; il crie dans sa douleur mais sans emportement, sans colère ; il ne sent du mal dont il est la proie que l'atteinte matérielle, et les coups qui l'atteignent ont beau blesser sa personne, pas un n'arrive jusqu'à son cœur.

C'est beaucoup d'en être venu là, mais ce n'est pas tout si l'on s'arrête. C'est bien avoir coupé le mal mais c'est avoir laissé la racine. Car cette racine n'est pas dans les êtres qui nous sont étrangers, elle est en nous-mêmes et c'est là qu'il faut travailler pour l'arracher tout à fait. Voilà ce que je sentis parfaitement dès que je commençai de revenir à moi. Ma raison ne me montrant qu'absurdités dans toutes les explications que je cherchais à donner à ce qui m'arrive, je compris que les causes, les instruments, les moyens de tout cela m'étant inconnus et inexplicables, devaient être nuls pour moi. Que je devais regarder tous les détails de ma destinée comme autant d'actes d'une pure fatalité où je ne devais supposer ni direction, ni intention, ni cause morale, qu'il fallait m'y soumettre sans raisonner et sans regimber, parce que cela était inutile, que tout ce que j'avais à faire encore sur la terre étant de m'y regarder comme un être purement passif, je ne devais point user à résister inutilement à ma destinée la force qui me restait pour la supporter. Voilà ce que je me disais. Ma raison, mon cœur y acquiesçaient et néanmoins je sentais ce cœur murmurer encore. D'où venait ce murmure ? Je le cherchai, je le trouvai ; il venait de l'amour-propre qui après s'être indigné contre les hommes se soulevait encore contre la raison.

Cette découverte n'était pas si facile à faire qu'on pourrait croire, car un innocent persécuté prend longtemps pour un pur amour de la justice l'orgueil de son petit individu. Mais aussi la véritable source, une fois bien connue, est facile à tarir ou du moins à détourner. L'estime de soi-même est le plus grand mobile des âmes fières, l'amour-propre, fertile en illusions, se déguise et se fait prendre pour cette estime, mais quand la fraude enfin se découvre et que l'amour-propre ne peut plus se cacher, dès lors il n'est plus à craindre et quoiqu'on l'étouffe avec peine on le subjugue au moins aisément.

Je n'eus jamais beaucoup de pente à l'amour-propre, mais cette passion factice s'était exaltée en moi dans le monde et surtout quand je fus auteur ; j'en avais peut-être encore moins qu'un autre mais j'en avais prodigieusement. Les terribles leçons que j'ai reçues l'ont bientôt renfermé dans ses premières bornes ; il commença par se révolter contre l'injustice mais il a fini par la dédaigner. En se repliant sur mon âme et en coupant les relations extérieures qui le rendent exigeant, en renonçant aux comparaisons et aux préférences, il s'est contenté que je fusse bon pour moi ; alors, redevenant amour de moi-même, il est rentré dans l'ordre de la nature et ma délivré du joug de l'opinion.

Dès lors j'ai retrouvé la paix de l'âme et presque la félicité. Dans quelque situation qu'on se trouve ce n'est que par lui qu'on est constamment malheureux. Quand il se tait et que la raison parle elle nous console enfin de tous les maux qu'il n'a pas dépendu de nous d'éviter. Elle les anéantit même autant qu'ils n'agissent pas immédiatement sur nous, car on est sûr alors d'éviter leurs plus poignantes atteintes en cessant de s'en occuper. Ils ne sont rien pour celui qui n'y pense pas. Les offenses, les vengeances, les passe-droits, les outrages, les injustices ne sont rien pour celui qui ne voit dans les maux qu'il endure que le mal même et non pas l'intention, pour celui dont la place ne dépend pas dans sa propre estime de celle qu'il plaît aux autres de lui accorder. De quelque façon que les hommes veuillent me voir, ils ne sauraient changer mon être, et malgré leur puissance et malgré toutes leurs sourdes intrigues, je continuerai, quoi qu'ils fassent, d'être en dépit d'eux ce que je suis. Il est vrai que leurs dispositions à mon égard influent sur ma situation réelle, la barrière qu'ils ont mise entre eux et moi m'ôte toute ressource de subsistance et d'assistance dans ma vieillesse et mes besoins. Elle me rend l'argent même inutile, puisqu'il ne peut me procurer les services qui me sont nécessaires, il n'y a plus ni commerce ni secours réciproque ni correspondance entre eux et moi. Seul au milieu d'eux, je n'ai que moi seul pour ressource et cette ressource est bien faible à mon âge et dans l'état où je suis. Ces maux sont grands, mais ils ont perdu pour moi toute leur force depuis que j'ai su les supporter sans m'en irriter. Les points où le vrai besoin se fait sentir sont toujours rares. La prévoyance et l'imagination les multiplient, et c'est par cette continuité de sentiments qu'on s'inquiète et qu'on se rend malheureux. Pour moi j'ai beau savoir que je souffrirai demain, il me suffit de ne pas souffrir aujourd'hui pour être tranquille. Je ne m'affecte point du mal que je prévois mais seulement de celui que je sens, et cela le réduit à très peu de chose. Seul, malade et délaissé dans mon lit, j'y peux mourir d'indigence, de froid et de faim sans que personne s'en mette en peine. Mais qu'importe, si je ne m'en mets pas en peine moi-même et si je m'affecte aussi peu que les autres de mon destin quel qu'il soit ? N'est-ce rien, surtout à mon âge, que d'avoir appris à voir la vie et la mort, la maladie et la santé, la richesse et la misère, la gloire et la diffamation avec la même indifférence ? Tous les autres vieillards s'inquiètent de tout ; moi je ne m'inquiète de rien, quoi qu'il puisse arriver tout m'est indifférent, et cette indifférence n'est pas l'ouvrage de ma sagesse, elle est celui de mes ennemis. Apprenons à prendre donc ces avantages en compensation des maux qu'ils me font. En me rendant insensible à l'adversité ils m'ont fait plus de bien que s'ils m'eussent épargné ses atteintes. En ne l'éprouvant pas je pourrais toujours la craindre, au lieu qu'en la subjuguant je ne la crains plus.

Cette disposition me livre, au milieu des traverses de ma vie, à l'incurie de mon naturel presque aussi pleinement que si je vivais dans la plus complète prospérité. Hors les courts moments où je suis rappelé par la présence des objets aux plus douloureuses inquiétudes. Tout le reste du temps, livré par mes penchants aux affections qui m'attirent, mon cœur se nourrit encore des sentiments pour lesquels il était né, et j'en jouis avec des êtres imaginaires qui les produisent et qui les partagent comme si ces êtres existaient réellement. Ils existent pour moi qui les ai créés et je ne crains ni qu'ils me trahissent ni qu'ils m'abandonnent. Ils dureront autant que mes malheurs mêmes et suffiront pour me les faire oublier.

Tout me ramène à la vie heureuse et douce pour laquelle j'étais né. Je passe les trois quarts de ma vie ou occupé d'objets instructifs et même agréables auxquels je livre avec délices mon esprit et mes sens, ou avec les enfants de mes fantaisies que j'ai créés selon mon cœur et dont le commerce en nourrit les sentiments, ou avec moi seul, content de moi-même et déjà plein du bonheur que je sens m'être dû. En tout ceci l'amour de moi-même fait toute l'œuvre, l'amour-propre n'y entre pour rien. Il n'en est pas ainsi des tristes moments que je passe encore au mi-

lieu des hommes, jouet de leurs caresses traîtres-
ses, de leurs compliments ampoulés et dérisoires,
de leur mielleuse malignité. De quelque façon
que je m'y sois pu prendre, l'amour-propre alors
fait son jeu. La haine et l'animosité que je vois
dans leurs cœurs à travers cette grossière enveloppe déchirent le mien de douleur ; et l'idée
d'être ainsi sottement pris pour dupe ajoute encore à cette douleur un dépit très puéril, fruit
d'un sot amour-propre dont je sens toute la bêtise mais que je ne puis subjuguer. Les efforts
que j'ai faits pour m'aguerrir à ces regards in-
sultants et moqueurs sont incroyables. Cent fois
j'ai passé par les promenades publiques et par les
lieux les plus fréquentés dans l'unique dessein
de m'exercer à ces cruelles bordes ; non seulement je n'y ai pu parvenir mais je n'ai même
rien avancé, et tous mes pénibles mais vains efforts m'ont laissé tout aussi facile à troubler, à
navrer, à indigner qu'auparavant.

Dominé par mes sens quoi que je puisse faire,
je n'ai jamais su résister à leurs impressions, et
tant que l'objet agit sur eux mon cœur ne cesse
d'en être affecté ; mais ces affections passagères
ne durent qu'autant que la sensation qui les
cause. La présence de l'homme haineux m'affecte violemment, mais sitôt qu'il disparaît l'impression cesse ; à l'instant que je ne le vois plus
je n'y pense plus. J'ai beau savoir qu'il va s'occuper de moi, je ne saurais m'occuper de lui.

Le mal que je ne sens point actuellement ne m'affecte en aucune sorte, le persécuteur que je ne vois point est nul pour moi. Je sens l'avantage que cette position donne à ceux qui disposent de ma destinée. Qu'ils en disposent donc tout à leur aise. J'aime encore mieux qu'ils me tourmentent sans résistance que d'être forcé de penser à eux pour me garantir de leurs coups.

Cette action de mes sens sur mon cœur fait le seul tourment de ma vie. Les jours où je ne vois personne, je ne pense plus à ma destinée, je ne la sens plus, je ne souffre plus, je suis heureux et content sans diversion, sans obstacle. Mais j'échappe rarement à quelque atteinte sensible, et lorsque j'y pense le moins, un geste, un regard sinistre que j'aperçois, un mot envenimé que j'entends, un malveillant que je rencontre, suffit pour me bouleverser. Tout ce que je puis faire en pareil cas est d'oublier bien vite et de fuir. Le trouble de mon cœur disparaît avec l'objet qui l'a causé et je rentre dans le calme aussitôt que je suis seul. Ou si quelque chose m'inquiète, c'est la crainte de rencontrer sur mon passage quelque nouveau sujet de douleur. C'est là ma seule peine ; mais elle suffit pour altérer mon bonheur. Je loge au milieu de Paris. En sortant de chez moi je soupire après la campagne et la solitude, mais il faut l'aller chercher si loin qu'avant de pouvoir respirer à mon aise je trouve en mon chemin mille objets

qui me serrent le cœur, et la moitié de la journée se passe en angoisses avant que j'aie atteint
l'asile que je vais chercher. Heureux du moins
quand on me laisse achever ma route. Le moment où j'échappe au cortège des méchants est
délicieux, et sitôt que je me vois sous les arbres,
au milieu de la verdure, je crois me voir dans le
paradis terrestre et je goûte un plaisir interne
aussi vif que si j'étais le plus heureux des mortels.

Je me souviens parfaitement que durant mes
courtes prospérités ces mêmes promenades so-
litaires qui me sont aujourd'hui si délicieuses
m'étaient insipides et ennuyeuses. Quand j'étais
chez quelqu'un à la campagne, le besoin de
faire de l'exercice et de respirer le grand air
me faisait souvent sortir seul, et m'échappant
comme un voleur je m'allais promener dans le
parc ou dans la campagne ; mais loin d'y trouver le calme heureux que j'y goûte aujourd'hui,
j'y portais l'agitation des vaines idées qui
m'avaient occupé dans le salon ; le souvenir de
la compagnie que j'y avais laissée m'y suivait
dans la solitude, les vapeurs de l'amour-propre
et le tumulte du monde ternissaient à mes yeux
la fraîcheur des bosquets et troublaient la paix
de la retraite. J'avais beau fuir au fond des bois,
une foule importune me suivait partout et voi-
lait pour moi toute la nature. Ce n'est qu'après
m'être détaché des passions sociales et de leur

triste cortège que je l'ai retrouvée avec tous ses charmes.

Convaincu de l'impossibilité de contenir ces premiers mouvements involontaires, j'ai cessé tous mes efforts pour cela. Je laisse à chaque atteinte mon sang s'allumer, la colère et l'indignation s'emparer de mes sens, je cède à la nature cette première explosion que toutes mes forces ne pourraient arrêter ni suspendre. Je tâche seulement d'en arrêter les suites avant qu'elle ait produit aucun effet. Les yeux étincelants, le feu du visage, le tremblement des membres, les suffocantes palpitations, tout cela tient au seul physique et le raisonnement n'y peut rien ; mais après avoir laissé faire au naturel sa première explosion l'on peut redevenir son propre maître en reprenant peu à peu ses sens ; c'est ce que j'ai tâché de faire longtemps sans succès, mais enfin plus heureusement. Et cessant d'employer ma force en vaine résistance, j'attends le moment de vaincre en laissant agir ma raison, car elle ne me parle que quand elle peut se faire écouter. Eh ! que dis-je, hélas ! ma raison ? J'aurais grand tort encore de lui faire l'honneur de ce triomphe, car elle n'y a guère de part. Tout vient également d'un tempérament versatile qu'un vent impétueux agite, mais qui entre dans le calme à l'instant que le vent ne souffle plus. C'est mon naturel ardent qui m'agite, c'est mon naturel indolent qui m'apaise. Je

cède à toutes les impulsions présentes, tout choc
me donne un mouvement vif et court ; sitôt qu'il
n'y a plus de choc, le mouvement cesse, rien de
communiqué ne peut se prolonger en moi.
Tous les événements de la fortune, toutes les
machines des hommes ont peu de prise sur un
homme ainsi constitué. Pour m'affecter de peines durables, il faudrait que l'impression se re-
nouvelât à chaque instant. Car les intervalles,
quelques courts qu'ils soient, suffisent pour me
rendre à moi-même. Je suis ce qu'il plaît aux
hommes tant qu'ils peuvent agir sur mes sens ;
mais au premier instant de relâche, je redeviens
ce que la nature a voulu, c'est là, quoi qu'on
puisse faire, mon état le plus constant et celui
par lequel en dépit de la destinée je goûte un
bonheur pour lequel je me sens constitué. J'ai
décrit cet état dans une de mes rêveries[1]. Il me
convient si bien que je ne désire autre chose que
sa durée et ne crains que de le voir troubler. Le
mal que m'ont fait les hommes ne me touche
en aucune sorte ; la crainte seule de celui qu'ils
peuvent me faire encore est capable de m'agiter ; mais certain qu'ils n'ont plus de nouvelle
prise par laquelle ils puissent m'affecter d'un
sentiment permanent, je me ris de toutes leurs
trames et je jouis de moi-même en dépit d'eux.

1. La Cinquième promenade.

MON PORTRAIT[1]

Lecteurs, je pense volontiers à moi-même et je parle comme je pense. Dispensez-vous donc de lire cette préface si vous n'aimez pas qu'on parle de soi.

J'approche du terme de la vie et je n'ai fait aucun bien sur la terre. J'ai les intentions bonnes, mais il n'est pas toujours si facile de bien faire qu'on pense. Je conçois un nouveau genre de service à rendre aux hommes : c'est de leur offrir l'image fidèle de l'un d'entre eux afin qu'ils apprennent à se connaître.

Je suis observateur et non moraliste. Je suis le botaniste qui décrit la plante. C'est au médecin qu'il appartient d'en régler l'usage.

Mais je suis pauvre et quand le pain sera prêt à me manquer je ne sais pas de moyen plus honnête d'en avoir que de vivre de mon propre ouvrage.

Il y a bien des lecteurs que cette seule idée empêchera de poursuivre. Ils ne concevront pas qu'un homme qui a besoin de pain soit digne qu'on le connaisse. Ce n'est pas pour ceux-là que j'écris.

Je suis assez connu pour qu'on puisse aisément vérifier ce que je dis, et pour que mon livre s'élève contre moi si je mens.

Je vois que les gens qui vivent le plus intimement avec moi ne me connaissent pas, et qu'ils attribuent la plupart de mes actions, soit en bien soit en mal, à de tout autres motifs que ceux qui les ont produites. Cela m'a fait penser que la plupart des caractères et des portraits qu'on trouve dans les historiens ne sont que des chimères qu'avec de l'esprit un auteur rend aisément vraisemblables et qu'il fait rapporter aux principales actions d'un homme comme un peintre ajuste sur les cinq points une figure imaginaire.

Il est impossible qu'un homme incessamment répandu dans la société et sans cesse occupé à se contrefaire avec les autres ne se contrefasse pas un peu avec lui-même, et quand il aurait le temps de s'étudier il lui serait presque impossible de se connaître.

Si les princes mêmes sont peints par les historiens avec quelque uniformité, ce n'est pas,
comme on le pense, parce qu'ils sont en vue et
faciles à connaître ; mais parce que le premier
qui les a peints est copié par tous les autres. Il
n'y a guère d'apparence que le fils de Livie res-
semblât au Tibère de Tacite, c'est pourtant ainsi
que nous le voyons tous, et l'on aime mieux voir
un beau portrait qu'un portrait ressemblant.

Toutes les copies d'un même original se res-
semblent ; mais faites tirer le même visage par
divers peintres, à peine tous ces portraits auront-
ils entre eux le moindre rapport ; sont-ils tous
bons, ou quel est le vrai ? Jugez des portraits de
l'âme.

Ils prétendent que c'est par vanité qu'on parle
de soi. Hé bien si ce sentiment est en moi, pourquoi le cacherais-je ? Est-ce par vanité qu'on
montre sa vanité ? Peut-être trouverais-je grâce
devant des gens modestes, mais c'est la vanité
des lecteurs qui va subtilisant sur la mienne.

Si je sors un moment de la règle, je m'en écarte
à cent lieues. Si je touche à la bourse que j'amasse
avec tant de peine, aussitôt tout est dissipé.

À quoi cela était-il bon à dire ? À faire valoir le reste, à mettre de l'accord dans le tout ; les traits du visage ne font leur effet que parce qu'ils y sont tous ; s'il en manque un, le visage est défiguré. Quand j'écris, je ne songe point à cet ensemble, je ne songe qu'à dire ce que je sais, et c'est de là que résultent l'ensemble et la ressemblance du tout à son original.

Je suis persuadé qu'il importe au genre humain qu'on respecte mon livre. En vérité je crois qu'on n'en saurait user trop honnêtement avec l'auteur. Il ne faut pas corriger les hommes de parler sincèrement d'eux-mêmes. Au reste l'honnêteté que j'exige n'est pas pénible. Qu'on ne me parle jamais de mon livre et je serai content. Ce qui n'empêchera pas que chacun ne puisse dire au public ce qu'il en pense, car je ne lirai pas un mot de tout cela. J'ai droit de me croire capable de cette réserve, elle ne sera pas mon apprentissage.

Je ne me soucie point d'être remarqué, mais quand on me remarque je ne suis point fâché que ce soit d'une manière un peu distinguée, et j'aimerais mieux être oublié de tout le genre humain que regardé comme un homme ordinaire.

J'ai là-dessus une réflexion sans réplique à faire ; c'est que, de la manière dont je suis connu dans le monde, j'ai moins à gagner qu'à perdre à me montrer tel que je suis. Quand même je voudrais me faire valoir, je passe pour un homme si singulier que, chacun se plaisant à amplifier, je n'ai qu'à me reposer sur la voix publique ; elle me servira mieux que mes propres louanges. Ainsi, à ne consulter que mon intérêt, il serait plus adroit de laisser parler de moi les autres que d'en parler moi-même. Mais peut-être que par un autre retour d'amour-propre j'aime mieux qu'on en dise moins de bien et qu'on en parle davantage. Or si je laissais faire le public qui en a tant parlé, il serait fort à craindre qu'en peu de temps il n'en parlât plus.

Je ne prétends pas faire plus de grâce aux autres qu'à moi ; car, ne pouvant me peindre au naturel sans les peindre eux-mêmes, je ferai, si l'on veut, comme les dévotes catholiques, je me confesserai pour eux et pour moi.

Au reste, je ne m'épuiserai point à protester de ma sincérité : si elle ne s'aperçoit pas dans cet ouvrage, si elle n'y porte pas témoignage d'elle-même, il faut croire qu'elle n'y est pas.

J'étais fait pour être le meilleur ami qui fût jamais, mais celui qui devait me répondre est encore à venir. Hélas, je suis dans l'âge où le cœur commence à se resserrer et ne s'ouvre plus à des amitiés nouvelles. Adieu donc, doux sentiment que j'ai tant cherché : il est trop tard pour être heureux.

J'ai un peu connu le ton des sociétés, les matières qu'on y traite et la manière de les traiter. Où est la grande merveille de passer sa vie dans des conversations oiseuses à discuter subtilement le pour et le contre et à établir un scepticisme moral qui rend indifférent aux hommes le choix du vice et de la vertu ?

L'enfer du méchant est d'être réduit à vivre seul avec lui-même, mais c'est le paradis de l'homme de bien, et il n'y a point pour lui de spectacle plus agréable que celui de sa propre conscience.

Une preuve que j'ai moins d'amour-propre que les autres hommes ou que le mien est fait d'une autre manière, c'est la facilité que j'ai de vivre seul. Quoi qu'on en dise, on ne cherche à voir le monde que pour en être vu, et je crois qu'on peut toujours estimer le cas que fait un homme de l'approbation des autres par son empressement à la chercher. Il est vrai qu'on a grand soin de couvrir le motif de cet empressement du fard des belles paroles, société, devoirs, humanité. Je crois qu'il serait aisé de prouver que l'homme qui s'écarte le plus de la société est celui qui lui nuit le moins et que le plus grand de ses inconvénients est d'être trop nombreuse.

L'homme civil veut que les autres soient contents de lui, le solitaire est forcé de l'être lui-même ou sa vie lui est insupportable. Ainsi le second est forcé d'être vertueux, mais le premier peut n'être qu'un hypocrite, et peut-être est-il forcé de le devenir s'il est vrai que les apparences de la vertu valent mieux que sa pratique pour plaire aux hommes et faire son chemin parmi eux. Ceux qui voudront discuter ce point peuvent jeter les yeux sur le discours de [*nom laissé en blanc par Rousseau*[1]] dans le second livre de la *République* de Platon. Que fait Socrate pour réfuter ce discours ? Il établit une république idéale dans laquelle il prouve très bien que chacun sera estimé à proportion qu'il sera estimable et que le plus juste sera aussi le plus heureux. Gens de bien qui recherchez la société, allez donc vivre dans celle de Platon. Mais que tous ceux qui se plaisent à vivre parmi les méchants ne se flattent pas d'être bons.

Je crois qu'il n'y a point d'homme sur la vertu duquel on puisse moins compter que celui qui

1. Adimante.

recherche le plus l'approbation des autres ; il
est aisé, je l'avoue, de dire qu'on ne s'en soucie
pas ; mais là-dessus il faut moins s'en rapporter
à ce que dit un homme qu'à ce qu'il fait.

En tout ceci ce n'est pas de moi que je parle,
car je ne suis solitaire que parce que je suis
malade et paresseux ; il est presque assuré que
si j'étais sain et actif je ferais comme les autres.

Cette maison contient peut-être un homme
fait pour être mon ami. Une personne digne de
mes hommages se promène peut-être tous les
jours dans ce parc.

Pour de l'argent et des services, ils sont toujours prêts ; j'ai beau refuser ou mal recevoir,
ils ne se rebutent jamais et m'importunent sans
cesse de sollicitations qui me sont insupporta-
bles. Je suis accablé des choses dont je ne me
soucie point. Les seules qu'ils me refusent sont
les seules qui me seraient douces. Un sentiment
doux, un tendre épanchement est encore à venir
de leur part et l'on dirait qu'ils prodiguent leur
fortune et leur temps pour épargner leur cœur.

Comme ils ne me parlent jamais d'eux, il faut
bien que je leur parle de moi malgré que j'en
aie.

Tant d'autres liens les enchaînent, tant de gens les consolent de moi qu'ils ne s'aperçoivent pas même de mon absence ; s'ils s'en plaignent, ce n'est pas qu'ils en souffrent, mais c'est qu'ils savent bien que j'en souffre moi-même et qu'ils ne voient pas qu'il m'est moins dur de les regretter à la campagne que de ne pouvoir jouir d'eux à la ville.

Je ne reconnais pour vrais bienfaits que ceux qui peuvent contribuer à mon bonheur et c'est pour ceux-là que je suis pénétré de reconnaissance ; mais certainement l'argent et les dons n'y contribuent pas, et quand je cède aux longues importunités d'une offre cent fois réitérée, c'est plutôt un malaise dont je me charge pour acquérir le repos qu'un avantage que je me procure. De quelque prix que soit un présent offert et quoi qu'il en coûte à celui qui l'offre, comme il me coûte encore plus à recevoir, c'est celui dont il vient qui m'est redevable, c'est à lui de n'être pas un ingrat ; cela suppose, il est vrai, que ma pauvreté ne m'est point onéreuse et que je ne vais point à la quête des bienfaiteurs et des bienfaits ; ces sentiments que j'ai toujours hautement professés témoigneront ce qu'il en est. Quant à la véritable amitié, c'est tout autre chose. Qu'importe qu'un des deux amis donne ou reçoive, et que les biens communs passent d'une main dans l'autre, on se souvient qu'on s'est aimés et tout est dit, on peut oublier tout le reste. J'avoue qu'un pareil principe est assez commode quand on est pauvre et qu'on a des amis riches. Mais il y a cette différence entre mes amis riches et pauvres, que les premiers m'ont recherché et que j'ai recherché les autres. C'est aux premiers à me faire oublier leur opulence. Pourquoi fuirais-je un ami dans l'opulence tant qu'il sait me la faire oublier, ne suffit-il pas que je lui échappe à l'instant que je m'en souviens ?

Je n'aime pas même à demander la rue où j'ai à faire parce que je dépends en cela de celui qui va me répondre. J'aime mieux errer deux heures à chercher inutilement ; je porte une carte de Paris dans ma poche à l'aide de laquelle et d'une lorgnette je me retrouve à la fin, j'arrive crotté, recru, souvent trop tard mais tout consolé de ne rien devoir qu'à moi-même.

Je compte pour rien la douleur passée, mais je jouis encore du plaisir qui n'est plus. Je ne m'approprie que la peine présente, et mes travaux passés me semblent tellement étrangers à moi que quand j'en retire le prix il me semble que je jouis du travail d'un autre. Ce qu'il y a de bizarre en cela, c'est que, quand quelqu'un s'empare du fruit de mes soins, tout mon amour-propre se réveille, je sens la privation de ce qu'on m'ôte beaucoup plus que je n'en aurais senti la possession si on me l'eût laissé ; à mon tort personnel se joint ma fureur contre toute injustice, et c'est être doublement injuste, au gré de ma colère, que d'être injuste envers moi.

Insensible à la convoitise, je suis fort attaché à la possession ; je ne me soucie point d'acquérir mais je ne puis souffrir de perdre, et cela dans l'amitié comme dans les biens.

… De certains états d'âme qui ne tiennent pas seulement aux événements de ma vie mais aux objets qui m'ont été les plus familiers durant ces événements. De sorte que je ne saurais me rappeler un de ces états sans sentir en même temps modifier mon imagination de la même manière que l'étaient mes sens et mon être quand je l'éprouvais.

Les lectures que j'ai faites étant malade ne me flattent plus en santé. C'est une déplaisante mémoire locale qui me rend avec les idées du livre celles des maux que j'ai soufferts en le lisant. Pour avoir feuilleté Montaigne durant une attaque de pierre, je ne puis plus le lire avec plaisir dans mes moments de relâche. Il tourmente plus mon imagination qu'il ne contente mon esprit. Cette expérience me rend si follement retenu que de peur de m'ôter un consolateur je me les refuse tous, et n'ose presque plus quand je souffre lire aucun des livres que j'aime.

Je ne fais jamais rien qu'à la promenade, la campagne est mon cabinet ; l'aspect d'une table, du papier et des livres me donne de l'ennui, l'appareil du travail me décourage, si je m'assieds pour écrire je ne trouve rien et la nécessité d'avoir de l'esprit me l'ôte. Je jette mes pensées éparses et sans suite sur des chiffons de papier, je couds ensuite tout cela tant bien que mal et c'est ainsi que je fais un livre. Jugez quel livre ! J'ai du plaisir à méditer, chercher, inventer, le dégoût est de mettre en ordre ; et la preuve que j'ai moins de raisonnement que d'esprit, c'est que les transitions sont toujours ce qui me coûte le plus : cela ne m'arriverait pas si les idées se liaient bien dans ma tête. Au reste mon opiniâtreté naturelle m'a fait lutter à dessein contre cette difficulté, j'ai toujours voulu donner de la suite à tous mes écrits et voici le premier ouvrage que j'ai divisé par chapitres.

Je me souviens d'avoir assisté une fois en ma vie à la mort d'un cerf, et je me souviens aussi qu'à ce noble spectacle je fus moins frappé de la joyeuse fureur des chiens, ennemis naturels de la bête, que de celle des hommes qui s'efforçaient de les imiter. Quant à moi, en considérant les derniers abois de ce malheureux animal et ses larmes attendrissantes, je sentis combien la nature est roturière, et je me promis bien qu'on ne me reverrait jamais à pareille fête.

Il n'est pas impossible qu'un auteur soit un grand homme, mais ce ne sera pas en faisant des livres ni en vers ni en prose qu'il deviendra tel.

Jamais Homère ni Virgile ne furent appelés de grands hommes quoiqu'ils soient de très grands poètes. Quelques auteurs se tuent d'appeler le poète Rousseau[1] le grand Rousseau durant ma vie. Quand je serai mort le poète Rousseau sera un grand poète. Mais il ne sera plus le grand Rousseau. Car s'il n'est pas impossible qu'un auteur soit un grand homme, ce n'est pas en faisant des livres ni en vers ni en prose qu'il deviendra tel.

1. Jean-Baptiste Rousseau.

Composition Nord Compo
Impression Novoprint
à Barcelone, le 7 avril 2012
Dépôt légal : avril 2012
1er dépôt légal dans la collection: avril 2010

ISBN 978-2-07-043661-3./Imprimé en Espagne.